장 편 소 설

사과
주스

내일이
지구의 종말이라면

내일의 걱정은
하지 않아도 된다!

이름북

차 례

1.   삶의 하수, 하수야

" 유에프오다! "

   요즘 유행인지 SNS에 유에프오 사진이 잔뜩 올라와 있다. 예전에 한때 그러더니 다시 유행이 왔나 보다. 인터넷에서는 사진마다 '합성이다 아니다'로 설전이다.
경험담도 점점 늘어나고 있다. 우주비행선 같은 것이 가까이 왔다가 빛의 속도로 사라지는 것을 직접 목격했다는 사람들도 있고, 비행선이 지상으로 가늘고 강한 빛을 내리는 것을 본 사람도 있다.
S.F 영화 보다 잠들어서 그런 것 아니냐는 댓글에 글쓴이는 자신의 모든 것을 걸고 사실이라고 확언한다.

   '다 살만하니 저러는 거야.'
   하수야는 사람들이 한심하기도 하고 또 생계가 아닌 곳에 열정을 쏟는 여유가 부럽기도 하다. 아니, 그전에 그

1

런 열정이 생긴다는 것이 신기하다.

'머리나 감자.'

용변은 아까 다 봤지만 스마트폰을 들여다보느라 그대로 변기에 앉아 있던 수야는 엉덩이를 들었다. 샤워는 그제 했으니 오늘은 머리만 감으려 한다.

머리 감으면서 대충 세수도 했다. 수건으로 얼굴을 감싸니 꿉꿉한 냄새가 난다. 수건을 머리에 올렸다. 손가락에 힘을 주어 박박 닦은 후 고개를 들고 엉킨 머리를 빗으로 내렸다. 빗에 머리카락이 잔뜩 끼었다. 끼인 머리카락들을 뽑으면 마론 인형 머리 하나쯤 나올 것 같다.

학창 시절에는 곱슬머리에 머리숱이 많아 부스스한 머리로 놀림도 당했다. 그때는 머리카락이 왕창 빠져버렸으면 바랬다. 당시는 잡아당겨도 잘 안 빠지더니 지금은 술술 빠진다. 숱이 많아서라기보다 예전의 기억 때문에 수야는 머리카락이 많이 빠지는 것에 별로 신경 쓰지 않는다.

"위잉~"

머리를 말리기 위해 드라이기를 켰다.

'어?'

수야는 무슨 소리나 나는 것 같아 드라이기를 껐다.

"……"

아무 소리도 나지 않는다. 드라이기를 켜고 말리려는데 다시 소리가 들린다.

"쿵쿵"

이번에는 아까보다 확실하게 들었다. 옆집에서 두드리

2

는 소리 같다. 수야는 바로 드라이기를 끄고 '얼음' 한 채 육신의 모든 동작을 멈췄다. 하지만 눈치 없이 심장은 더 빠르게 뛰기 시작했다. 수야는 십 초 정도 지나 참았던 숨을 내쉬었다. 그리고 손에 든 드라이기를 조용히 내려 놓았다.

'그렇게 시끄러웠나.'

'혹시 기대놓았던 물건이 떨어지면서 낸 소리 아닐까?'

'아니야. 그런 소리가 아니었어. 그냥 조용히 하라고 손으로 두드린 거야.'

'열 시 반이면 많이 늦은 시간은 아닌데.'

'새벽에 일 나가는 사람인가?'

채 마르지 않은 머리를 두고 드라이기를 정리했다.

'어차피 지금 잘 것도 아니고 내버려 두면 자연스럽게 마르는데 괜히 드라이기를 켰네.'

'며칠 동안은 특히 조심해야겠다.'

사실 수야는 옆집에 누가 사는지 모른다. 옆집에서 문을 딸깍 여는 소리가 들리면 나가려다가도 멈추고 삼십 정도 센 다음에 나간다. 집에 있을 때는 대부분 이어폰을 끼고 유튜브를 보기 때문에 방음이 잘되지 않는 원룸임에도 소리를 들은 적도 별로 없다.

편의점에서 가져온 간식거리를 까서 옆에 놓고, 스마트폰에 연결된 이어폰을 끼고 유튜브를 열었다. 하루에도 수많은 영상이 올라오지만, 매일 대여섯 시간씩 유튜브를 보는 수야에게는 그리 많은 영상이 있는 것 같지는 않다.

유튜버가 화면을 보며 진행하는 채널을 눈을 마주치며 보고 있으면, 그가 수야의 얼굴 바로 앞에서 직접 하는 말처럼 느껴진다. 나긋나긋한 목소리로 달콤하고, 매너 있게 던지는 위트 있고 위안이 되는 말들이 좋다. 그리고 얼마 안 봤는데도 꼬박꼬박 이름을 불러주며 감사하다고 말해준다.

"어서 오세요. 오늘도 힘드셨죠. 알죠. 제가 그 마음을."

"수야 공주님 감사합니다. 잘 쓸게요."

일을 마치고 집에 와 불을 끄고 유튜브를 보고 있으면, 이런저런 상상들이 정신없이 올라온다.

[하수야는 살을 십 킬로쯤 빼고 성형수술을 해서 웬만한 여자 연예인들보다 예뻐진다. 게다가 로또가 혼자 당첨되어 배분 없이 백억 넘게 생겼다. 나이도 공무원의 실수로 같은 주민등록번호가 두 명이 있어 법적으로 열 살이 어려졌다. 이십 대 중반의 아름답고 매력적인 갑부 하수야, 그녀에게 멋진 남성들이 구애해 온다.]

[대단한 능력자라 사람들의 부러움과 존경을 받는다. 분야는 상관없다. 대단한 능력자인데 소탈하고 인간미 넘친다. 자기 기사가 포털에 오르면 찬양하는 댓글로 넘쳐난다. / 수야 언니, 너무 예뻐요./ 너무 대단하다. 다 가졌는데 착하기까지 해. / 팬이에요. 사랑해요. 수야씨 / 진심 존경합니다.]

이런저런 상상을 하면 불편했던 아까의 상황은 잊고 마음이 편해진다. 상상이 아니라 사실 자신이 그 누구보다 대단하고 특별한 것 같은 생각이 문득 들기도 한다. 남들은 잘 모르지만.

이제 자야겠다고 생각하고 유튜브를 껐다.
" …… "
이어폰을 귀에 오래 꽂고 있다 빼니 현실의 무음이 들린다. 스마트폰을 껐더니 어두움도 켜졌다. 눈을 깜박거려 본다. 어느 순간이 감은 것인지 모르겠다.
수야는 다채로운 세상에서 좁고 컴컴한 방안으로 돌아왔다. 자다 깨면 어제처럼 또 그 편의점으로 아르바이트를 가야 한다. 관속이 있는 것처럼 누워 한참을 있던 중 갑자기 이런 생각이 올라왔다.
'지금 당장 숨이 멎어도 상관없다. 아니 더 좋다.'
'아쉬움도 없고 안타까움도 없다.'
'죽고 싶다기보다 살고 싶은 생각이 없다.'

수야는 자살에 대해 검색해 본 적이 있다. 포털에 '자살'을 치면 자살 방법에 대한 정보가 뜨는 것이 아니라 우울증 센터 정보가 뜬다. 확장해서 검색해 보니 외국인도 안락사가 가능한 스위스 기관의 정보가 뜨기는 했다. 하지만 국내 병원에서 치료가 심각함을 증명해야 한다고 하니 이 또한 쉽지 않다. 그리고 서류를 준비하고 병원에 찾아가는 수고도 솔직히 귀찮다. 서류와 안락사 비용 준비하고 비행기 타고 가는 열정이 있다면 그 열정으로 여기서도 자살할 수 있을 것 같다.

수야는 최근 대한민국의 자살률을 살펴봤다.

'한국의 현재 자살률은 십만 명당 27명쯤 되네. 십만 명이면 작은 도시 하나 정도인데, 하나의 도시에서 일 년에 27명 정도 자살한다고? 도시 전체에서 한 달에 두 명 정도 자살하다니.'

'진짜 이 정도라고?'

'이런. 예상 밖이다!'

'생각보다 너무 적다. 한국의 자살률이 높으니 어쩌니 한 것 같은데 이것밖에 안 된다고?'

'이런 세상에서 자살률이 이 정도밖에 안 되다니.'

'나처럼 귀찮고 방법이 여의찮아서인가? 혹은 말은 힘들어 죽겠다고 하지만 실제로는 삶을 끝내고 싶은 정도로 최악인 사람들이 생각보다 많지 않나?'

젊은 유명인들이 자살해서 기사가 뜨면 수야는 이런 생각이 든다.

'좋겠다. 이제 끝이네.'

'죽은 방법이 뭘까? 목매달았나? 부자라서 천정이 높은 아파트였나 보다. 이 원룸은 목매달 공간도 없다.'

'몇 살이지? 어린 나이인데 행동력이 있다.'

'이제 그만 해도 되는 그들의 마쳐진 삶이 부럽다.'

자기 삶마저도 끝맺지 못하고 질질 끌려가는 스스로가 한심하다.

'자신까지 파괴할 만한 분노든, 끝이 없는 우울함이든 혹은 끝을 만난 절망이든 뭐라도 느껴야 계획과 실행을 위한 마지막 힘이 솟는데, 나는 그 자살을 위한 느낌을 느낄 수 있는 능력마저 없다. 그냥 아무것도 없다. 그래서 이 힘들고 지루한 반복을 반복해야 한다.'

'하루에 열 살씩 먹었으면 좋겠다. 그러면 이번 주 내에 자연사 할 수 있을 텐데.'

텔레비전에서 중간광고로 지겹게 나오는 보험 광고를 보고 있자면 문득 보험 하나 없는 나이 든 자신에 대한 걱정이 들 때도 있지만, 그렇다고 미래를 대비할 열정도 없다. 축복인 것처럼 떠드는 '백세 시대'가 수야에게는 저주처럼 들린다.

수야는 영화를 보면서 자신과 비슷하다고 느낀 캐릭터가 있었다. 마법 학교가 나오는 영화에서 한 아이가 죽어 화장실 귀신이 됐다. 밖의 사람들과 어울리지 못하지만, 화장실에서 학생들이 이야기하는 것을 듣는 것으로 세상의 이야기를 듣는다.

그 화장실 귀신도 부끄러움을 많이 탔다. 그리고 자신만큼은 아니지만 꽤 예민해 보였다. 사람들이 용변을 본 후 손을 씻고 이야기들을 툭툭 던져놓은 후 홀가분한 마음으로 나간다. 지나가다 잠깐씩 들르는 그곳이 삶의 주된 공간인 화장실 귀신이 자신과 많이 닮았다.

" 삐|삐삐 "

  핸드폰 알람 소리에 잠에서 깼다. 오전 11시 30분, 오늘도 어제와 같은 하루를 살기 위해 어제와 같은 시간에 일어났다.

  "후~"

  수야는 밤사이 누운 몸에 고여 있던 공기를 내뿜었다. 계속 누워있으면 잠이 들 수 있어서 이불을 젖히고 상체를 일으켰다. 눈을 감고 고개를 푹 숙이고 앉았다. 그렇게 피곤하지는 않지만 준비할 것도 없고 서둘러봤자 딱히 할 것도 없다. 잠만 다시 들지 않으면 된다. 다시 잠이 들면 안 되는 이유는, 잠을 너무 많이 자면 계속 꿈을 꾸게 되고 그러면 머리가 깨질 것같이 아프기 때문이다.

  수야는 가끔 꿈에 사춘기 시절의 자신이 나온다. 14살 수야는 뭐라고 말하는데 뭐라 하는지는 모르겠다. 그리고 잠을 깨고 나면 머리가 아프다.

  어제 편의점에서 가져온 삼각김밥 남은 것을 먹고 간단히 씻은 후, 영혼이 빠진 듯 저쪽 구석 바닥에 널브러져 있는 어제 입었던 옷에 몸을 끼워 나가면 된다. 일하는 편의점도 집에서 가까워 준비하고 가는 시간을 합쳐도 30분이면 가능하다.

  고개를 드니 칙칙한 원룸이다. 익숙하다 못해 무섭게

지겹다. 해가 들지 않는 원룸이라 햇살이 강한 낮이라도 불을 켜지 않으면 어두컴컴하다. 오전 늦게까지도 깰 수 없는 어둠을 만든다. 오래된 원룸이라 그런지 그나마 들어오는 빛도 어두운 기운이 차단한다.

수야는 살인자가 나오는 드라마를 보며 이 원룸이 살인 장소로 섭외되면 효과적이겠다고 생각한 적이 있다. 수야가 잔뜩 묻은 몇 개 없는 어둡고 오래된 옷이 대충 걸려 칙칙함을 배가시키는 암울한 방의 기운이 화면에 잡히면, 별다른 연출 없이도 살인이 일어날 것 같은 분위기가 잡힐 것이다.

하지만 좀 더 생각해 보니 살인자가 칼을 크게 휘휘 휘두를 공간도 마땅치 않아 살인이 제대로 일어날 수도 없을 것이다. 촬영팀이 들어오면 아무리 구석에 붙어 있다. 하더라도 남은 공간에서, 위로 크게 치켜든 칼을 든 손이 자기 허벅지를 찌를지 봐 힘주어 내릴 수도 없을 것이다.

세수하러 일어났다. 비누가 오래돼서 한참 비벼도 거품이 안 생긴다. 대충 물로 닦아내고 고개를 들었다. 세수했는데도 부스스하다. 앞에 자신이 보인다. 자주 안 봐서 그런지 생각보다 익숙하지 않다. 화장실의 이 거울이 원룸 안의 유일한 빛을 반사하는 물체다. 유일하긴 해도 자주 이용하진 않는다.

"이놈의 세상은 언제 망하나. 지겨워 죽겠다."

수야는 나갈 채비를 하기 위해 일어나면서 버릇처럼 지껄였다. 특히 요즘은 더욱 일하러 나가기 싫다.

수야는 수도권 외곽에 있는 3년제 여자대학에 다니기 위해 학교 근처로 이사 온 후, 십 년 넘게 이곳에서 혼자 살고 있다. 졸업하고 아르바이트하면서 지내다 보니 삼십 대 중반이다. 저녁에 늦게 자기 때문에 아침에 일어나는 것이 힘들어 동네 편의점이나 카페에서 오후 타임 아르바이트를 하며 월세와 생활비를 벌어왔다. 학자금 대출을 갚고 어머니가 진 빚을 갚다 보니 적금이나 보험 하나 없이 그냥 살아만 왔다.

평소 연락도 거의 없다가 대학교 2학년 때 수야 어머니가 집에 인터넷 개통을 딸 명의로 하면 할인해 준다며 수야 집까지 와서 사인을 받아 갔다. 이게 십 년 넘은 족쇄가 될 줄 몰랐다. 유산 포기를 하면 부모 빚이 탕감된다는 말을 듣고 알아봤지만, 스무 살이 넘어 성인이 된 후에 직접 서명한 거라 만져보지도 못한 그 돈은 고스란히 수야의 빚이 됐다.

빚보다도 당당한 부모가 더 싫었다. 자식이 돼서 부모의 힘든 상황도 이해 못 하냐고, 자신도 지금 빚 갚느라 죽을 지경이라고 언성을 높였다.

솔직히 그때도 수야는 화가 나지 않았다. 화도 부모나 세상에 조금이라도 기대나 애정이 있을 때 내는 것이라 화가 나지 않은 건지, 아니면 아무 생각과 미래 없이 살아가다 보니 앞에 돌이 떨어지든 커다란 바위가 떨어지든 별 상관이 없어서인지 이유는 모른다. 그냥 이런 생각이었던 것 같다.

'세상 원래 이런 거잖아. 나한테는 이런 게 당연하지.'

특별한 기술이나 경력이 없던 수야는 아르바이트 시간을 늘렸다. 최저임금이지만 시간을 늘리니 돈이 좀 들어왔다. 들어오자마자 빚 때문에 반이 빠지다 보니 쌓이는 것은 없지만 특별하게 무엇을 사고 싶거나 사람을 만나는 일이 없어 그럭저럭 산다.

처음에는 취업한 동기들이나 자신의 아르바이트 생활이나 별 차이 없어 보였다. 하지만 취업했던 동기들의 초봉은 자신보다 적었지만 점점 올라가기 시작했다. 게다가 사람들과 어울려 사회생활을 하는 그들은, 대학 때와 별 차이 없던 수야와 달리 가치관이나 환경이 점점 바뀌고 있었다.

수야는 가끔 억울한 생각이 든다.

흙수저 상황에다 자신에게는 '열정'이 들 만한 능력이나 운도 주어지지 않은 것이다. 흙수저로 태어났으면 멀쩡한 것이 하나라도 있어야 하는데 없다. 상황의 흙수저보다 정신을 포함한 몸뚱어리 흙수저가 더 억울하다.

'남들보다 뛰어난 점이 하나도 없는, 아니 보통인 점이 단 하나도 없는 내가 뭘 해 본들 어쩌겠어.' 하는 생각뿐이다.

또한 뭘 해도 시작에서부터 남들과 차이가 났다. 똑같이 처음 해 보는 것인데 남들은 익숙한 듯 해냈다. 시작이 너무 차이가 나니 그 힘듦이나 결과의 차이가 너무 컸다. 사람들은 처음이라는 데도 매뉴얼이 있는 것처럼 비

숫한 방법으로 알아서 잘들 해갔다.

　수야는 자신의 어리숙한 만큼 사람들의 삶에 대한 익숙함이 신기하다. 처음 접하는 것도 다들 알아서 잘하면서 살아간다. 그래서 수야가 내린 결론은, 자신은 다른 사람보다 세상에 덜 익숙하다는 것이다. 그리고 생각했다.

　'처음 접하는 것을 동일한 방법으로 익숙하게 한다는 것은 처음이 아니라는 거지.'

　'사람은 죽은 후, 영혼이 다시 태어날 때 기억이 지워진 채 나오는 거 같아. 원래 기억이 없었던 것과 지워진 것은 달라. 영혼은 기억의 존재를 느껴.'

　'기억이 지워져 나온다는 증거는, 경험하지도 않았는데 미세하게 기억이 난다거나 혹은 부분적으로 지워지지 않고 나오는 경우가 존재하는 건데 즉, 환생의 방법은 리셋이 아닌 지워지는 거야.'

　'가본 적도 없는 처음 방문한 곳인데 익숙한 장소가 있어. 데자뷔라는 것이 과학적으로 확실하게 설명할 수 없잖아. 현생의 경험은 없지만 전생의 경험이 존재하는 거지. 그리고 어릴 때 죽으면 세상의 기억이 적으니 지울 것이 별로 없어 지우는 것에 소홀한 채 다시 세상에 내보내서 부분을 완전히 기억하기도 해.'

　'가끔 어린아이가 접해 본 적도 없는 먼 나라의 외국어를 능숙하게 한다거나, 혹은 전혀 배운 적이 없는 고등 수학을 푸는 네 살 아이도 있었어. 이들은 전생에서 부분의 기억을 그대로 가지고 있었던 거야. 말하고 표현하게 되는 세 살이나 네 살쯤 주변에서 알게 되는 것이고. 이럴 때는 천재라고 난리 치지만 그들이 성장했을 때 기록된 기억이 없으니 딱 멈춰 평범해져. 그 이후 경험은 없으니깐 어렸을 때처럼 또래보다 능숙하게 할 수 없겠지.'

'나는 이 세상에 머물렀던 시간이 남들보다 짧은 것이 분명해.'

'지워진 것이 별로 없는 거야. 남들처럼 지워진 흔적이 존재하는 게 아니라 그냥 원래 아무것도 없었어.'

'머리 위에 이번 생에 머문 시간이 아니라, 전생을 합쳐 이 세상을 경험한 시간이 표시된다면 남들보다 내가 어릴 거야. 그러면 어리숙한 나를 사람들이 이해해 주고 보듬어 주려고 하겠지. 상대적으로 세상을 덜 경험한 어린 사람이니.'

'그래. 맞아. 나는 포기한 게 아니야. 시작부터 미성숙하다 보니 남들과 비슷하게 하려면 몇 배의 에너지가 들어갔어. 게다가 결과적으로 비슷하게 할 수도 없어. 출발선에서 운동화부터 신어야 하는데 어떻게 경기를 해. 남들이 결승점 통과하고 휴식을 취한 후 다른 경기장으로 떠났을 때쯤 겨우 결승점에 들어왔어. 그러면 나는 당황하게 되고 받는 스트레스만 일등이야. 이렇다 보니 새로운 것을 접할 때 몸 사리게 되고, 시간이 지나 이제 시작도 못 하게 된 거야.'

수야는 대단한 역경을 겪은 사람들이 매스컴에 나와 그들의 큰 고난을 이야기하는 것을 보면 그들보다 낫나 하는 생각이 들다가도, 삶이라는 런닝 타임 내내 사는 맛이 '쓴맛'보다 '무(無)맛'이 나은 것인가에 대한 확신은 들지 않았다. 감옥에 갇혀서, 또는 식물인간으로 이십여 년을 살아온 것과 자기 삶에 커다란 차이가 느껴지지 않는다.

울거나 웃어 본 적도 최근 십 년 동안 한두 번 있었나 싶다. 그렇다고 시니컬한 성향도 아니다. 외부의 그 어떤 자극도 없었던 것이 지금까지 수야의 삶이다. 이제는 그냥 메트로놈처럼 똑딱거리며 집과 편의점을 왕복하고, 인터넷 둘러보는 것이 '낙'이라고 이름을 붙일 수 있는 유일한 것이다.

잠자리에 누워 눈을 껌벅거리고 있을 때면, 간혹, "죽어도 상관없다."란 생각이 훅 들어온다. 이런 상황이 지속되면서 수야가 깨달은 것이 있다.

'이 세상을 사는 것은 나와 맞지 않아.'

'세상의 신은 존재하는 것 같은데 나를 싫어하는 것이 확실해.'

" **언**니！ "

"저 이번 주까지만 근무해요."

편의점의 오전 근무하는 아르바이트생이 나가기 전에 가방을 둘러매면서 말한다.

"왜요?"

"이번에 공무원 시험 합격해서 발령받기 전에 여행 좀 갔다 오려고요. 사장님에게는 미리 말했어요."

"아, 축하해요."

수야만 고정이고 그들은 바뀐다. 자신을 제외한 아르바이트생들의 나이는 똑같은데 자신만 나이를 먹어간다. 단골손님들도 변화를 불러온다. 고등학생들은 졸업하고 교복을 벗은 후 성인의 멋을 한껏 부렸고, 어설픈 20대였던 이들은 세련된 외모와 애티튜드로 바뀌갔다.

예전에는 자신은 변하지 않고 주위만 변화하는 것에 불편한 것을 못 느꼈는데, 근래 들어 뭔가 부끄럽다. 이런 그들의 마음의 소리가 들리는 것 같다. '어, 저 사람 아직도 여기서 아르바이트하나?'

특히 불편함이 느껴진 것은 최근 편의점 점주가 바뀌면서이다. 그 전의 점주는 퇴직금으로 시작한, 나이 지긋한 노년이었다. 그의 시간도 수야 만큼이나 더디게 가서 수야는 변화란 것에 무뎌 가며 마음 편하게 살아왔다.

이번에 새로 바뀐 사람은 사십 대 초반의 젊은 사람이다. 점주가 새로 오는 점주에 대해 시시콜콜한 이야기들을 해주었는데, 부인과 함께 쇼핑몰을 하고 있고 투잡을 하기 위해 편의점을 인수했다고 한다. 아들이 하나 있는데 내년에 초등학교에 입학한단다.

편의점은 기존에는 아르바이트생들로만 운영됐었는데, 이번에는 점주도 일을 한다. 야간업무는 다른 아르바이트생이 하고, 새벽부터 수야가 오는 시간인 오후 1시까지를 점주가 한다.

" **어**서 와요. "

수야가 편의점에 들어서자 점주가 수야에게 인사한다. 뒷면에 그의 아들이 붙여준 스티커가 덕지덕지 붙어있는 핸드폰을 손에 든 채 수야에게 말한다.

"수야씨가 십 년 넘게 여기 편의점에서 일했다면서?"

커다란 그의 말에 얼굴이 붉어졌다. 편의점에 있던 두 명의 손님이 신경 쓰였다. 수야는 당황하면 머리를 짧게 끄덕 끄덕거리는 틱이 나오는데 지금이 그랬다.

"아…. 네."

수야는 잘못을 추궁하는 질문에 대답하듯 답했다.

삼십 대 중반, 지나고 나면 이때까지는 연령대 대부분이 인정하는 '확실한 젊은 축'이라고 느껴지지만, 처음 이 나이를 맞을 때는 청춘이 다 끝나가고 곧 마흔 대에 접어들 거라 생각되어 이루지 못한 것에 대해 성급해지는 나이이기도 하다. 직장에서 신입을 뽑을 때나 또는 결혼해서 아이를 낳을 때도 안전한 범위 안에 들어오기 위한 데드라인 같은 것이다.

그래도 눈에 띄게 신체적 노화가 진행되는 시기가 아니어서 장애만 없다면 무슨 일이든 조금 서두르면 할 수 있다. 이 시기에 공무원 시험 준비를 하거나 대학가는 경우도 흔하진 않지만 있다. 늦었을 수도 있지만 '다시 시작'

17

을 해도 무관한 나이다.

하지만 객기로 무장한 젊은 청춘에서 노련함으로 노선을 틀어야 하는 시기이다. 이 시기는 실패로 너덜거려도 경험이 쌓였고, 힘없어 보였지만 사람들과 고리를 만들어나간다. 승진이나 가정 등 새롭게 일궈 놓은 것이나, 머릿속에 있는 지식, 몸에 체득한 기술, 만개할 아이디어, 성숙해진 꿈틀거리는 열정이 있다.

이 시기의 많은 특징 중 그 어떤 것도 수야에게는 없다. 도약을 위한 머무름이나, 책임감으로 이 자리를 지키는 것도 아닌, 그저 끝맺는 방법을 몰라서 똑딱거리고 있는 자신이 스스로 한심하다. 자기 감정이 타인의 시선에 투영되어 자신을 보고 있는 수야는 부끄러웠다.

"내가 처음 편의점 하는 거라 경험도 없고 걱정이 많았는데 수야씨가 있으니깐 든든해요."

"아. 네."

"어…. 그런데 어제 CCTV 돌려보니깐 가판대 정리를 거의 안 하던데 신경 좀 써주세요. 그리고 봉지 과자 비어있으면 뒤에 있는 과자를 앞으로 빼놓고요."

"... 네."

새로운 점주는 했던 말을 여러 번 반복했다. 마지막으로 수고하라는 말을 던지고 나갔다. 점주가 나가고 나니 마음이 편해졌다. 사실 점주여서가 아니라 수야는 누구든 함께 있으면 불편하다. 다른 아르바이트생들과 교대하는 잠깐의 시간도 갑갑하고 불편했다.

수야는 극도로 예민해서 작은 자극에도 쉽사리 상처받는 자신이 싫다. 작년에는 하도 갑갑해서 사주를 보러 갔는데, 사주를 보던 사람이 말했다.

"평생이 기신운 이었네."

"네? 기신운이 뭐에요?"

"아. 평생은 아니고…."

그는 마치 혼잣말을 들킨 것처럼 얼버무렸다.

"기신운이 뭔데요?"

수야는 재차 물었다.

"안 좋은 거예요?"

"그냥 뭐, 꼭 나쁘다고 하기는 그렇고 쉽게 잘 풀리지 않는 시기라는 건데…."

"그러면 언제 풀리나요?"

"내년부터 대운이 바뀌기는 하는데…."

수야는 얼버무리는 그의 말투에 짜증이 났다.

"그래서 내년부터 좋아지기는 하나요?"

"뭐가 좋아져야 하는데?"

"네?"

"지금 뭐가 좋아져야 하지?"

"아니, 사는 게 좀 풀리냐고요."

수야는 조금 전에 낸 2만 원이 아까워서 짜증이 났다.

"아니, 그러니깐 연애야, 직장이야, 건강이야? 구체적으로 말해 봐요. 찾아보게."

그는 책을 뒤적거리며 물었다.

수야는 딱히 할 말이 없었다.

"아니. 그냥 전체적으로. 운이 좋아지냐고요."

지금의 삶에서 가장 원하고 궁금한 것이 뭔지 모르겠다. 그냥 잘 풀리지 않는 삶을 운이 도와줘서 알아서 인도해 주길 바랐다. 하지만 수야는 이런 자신의 바람이 게으른 돼지 같다고 생각하지 않는다. 자신의 처지면 충분히 이해되는 바람이라고 생각했다.

음식도 먹어봤던 음식 중 먹고 싶은 생각이 들고, 여행도 가 봤어야 또 가고 싶은 생각이 들 텐데, 뭘 제대로 해 본 적도 없고 주변에 사람이 없으니 경험을 들은 것도 희박하다.

편의점 아르바이트 외에 무엇을 시켜 준다 해도 잘할 자신도 없고 그래서 하고 싶은 생각도 없다. 그저 로또나 당첨되었으면 좋겠다. 돈이 생겨서 무얼 하고 싶은 것은 없지만, 우선 아르바이트를 그만둘 수 있기 때문이다.

점심을 먹은 주변 직장 손님들이 조수 간만의 차를 보여 준 후, 빠진 물건들을 채워 넣었다. 정리하던 중, 손님이 계산대에 물건을 놓아 수야는 우선 그쪽으로 갔다.

" **삑**, 삑. "

포스 기계로 바코드를 찍고 나서 수야는 물었다.

"봉투 필요하세요?"

그러자 수야를 쳐다보고 있던 손님은 질문과 무관한 말을 했다.

"어? 혹시 하수야?"

"……"

수야는 손님이 자신의 이름을 말하자 놀라서 몸이 굳어 아무 말도 못 했다.

"수야 맞지?"

"……"

"야. 나야. 차미은"

"……"

"OO 여중"

수야와 중2 때 같은 반이었던 차미은이다.

"… 아…."

.

.

.

"야! 저긴가 봐."

수야는 아까부터 한 무리의 같은 학교 여학생들이 따라오는 것을 느꼈다. 하지만 수야는 감히 뒤를 돌아보지 못했다. 그저 빠른 걸음으로 집까지 가는 것밖에 할 수 있는 일이 없다.

교복 차림의 중학교 2학년 여학생들은 같은 학교 2학년 여학생인 수야를 뒤에서, 자신들이 생각하기에 몰래 쫓아갔다.

수야는 집에 도착했다. 마당에 잔디가 넓게 깔린 커다란 이층집이다. 열쇠로 대문을 열고 들어가자 그 여학생들은 다다다닥 소리를 내며 담에 파리처럼 들러붙었다. 담의 둥그렇게 판 공간에 멋을 내어 구부러진 철창에 얼굴을 다닥다닥 붙여가며 수야가 들어가는 것을 지켜봤다.

수야는 한 번도 이 집이 자기 집이라고 말한 적이 없다. 학교 학생 중 누군가가 이렇게 말했을 뿐이다.

"야, 하수야네 부자인가 봐. 집 굉장히 크고 좋던데."

그러자 다른 주제로 시끄럽게 떠들고 있던 주변 여학생들까지 몰려와 성토했다.

"설마 걔가 부자일 리가 없어. 나랑 같은 초등학교 나왔는데 입고 다녔던 옷도 그렇고 학용품이나 가방 뭐 그런 것만 봐도 알잖아. 부자는커녕 가난할걸"

"맞아. 걔 공부도 못하잖아. 과외나 학원 한번 안 다녀 본 거 같아."

여학생들은 부자가 아니면서 부자인 척한 '불의'를 처단하고 정의를 행하는 마음으로 수야의 뒤를 쫓아왔다. 하지만 누가 봐도 부잣집에 들어가는 것을 보니 인지부조

화의 불편함이 밀려왔다.

잔디가 깔린 마당에 돌로 만든 발판의 길이 두 개로 나 있다. 하나는 주인집으로 들어가는 것이고 다른 방향은 집의 저쪽 끝에 위치한 수야네가 사는 지하실로 들어간다.

주인집이 이사 오기 전부터 수야네 가족은 이곳 지하실에 살았다. 이전 집 주인 가족들이 외국을 자주 나가 거의 집을 비워두곤 했었는데, 이것이 신경 쓰여 지하실 방 두 개를 전세로 내어놓았었다. 주인은 바뀌었지만 수야네는 이곳에서 그대로 살고 있다.

수야는 그들의 시선을 느끼면서 천천히, 아주 천천히 걸었다. 수야가 마당을 가로질러 집의 끝에 있는 지하로 가는 짧은 계단 앞에 섰을 때다.

"띠리리리리"

이 집의 벨이 울렸다. 초등학교 4학년인 주인집 막내 여자아이다.

인터폰이 묻는다.

"누구세요?"

"나"

그 아이는 당당하게 한 글자를 외쳤다. 쉽고 명료하지만 아무나 말할 수 없는 암호를 말하자마자 '띠잉"하고 바로 문이 열렸다.

들어가려고 하는 그 순간 그 여학생들은 어깨를 굽히며 파리 떼처럼 몰려왔다. 그리고 궁궐 내시들처럼 허리를 굽혀 아이에게 다가와 묻는다.

"너 여기 살아?"

"네."

"저거 저 언니가 너희 언니야?"

"누구요?"

"저기"

"아. 지하실 언니요."

"지하실~"

여학생들은 자신들이 원하는 가장 최상의 답변을 해준 부잣집 아이에게 연신 고맙다고 했다. 그리고는 승리를 한 것처럼 의기양양하고 만족해하며 돌아갔다.

자신들에게 잠시나마 불편함을 느끼게 한 칙칙하고 음흉한 그 아이를 대놓고 무시하는 것은, 자신들이 시작한 것이 아닌 그 아이가 먼저 거짓이라는 불의를 행했기 때문이라고 생각했다.

자신들의 행동에 타당성을 부여하며 똘똘 뭉쳐 사이좋고 재미있게 중학교 생활을 해 나갔다. 그 아이들의 중심에 유난히 기가 센 차미은이 있었다.

.

.

.

"야. 반갑다!"

"진짜 오랜만이다. 처음에는 긴가민가했는데 자세히 보니 맞더라고."

"와. 이게 얼마 만이냐. 이 동네 살아?"

"나는 저 뒤에 아파트로 얼마 전에 이사 왔어."

"여기서 일해?"

"……"

"어…. 그냥….”

"잠깐 도와주고 있어.”

"아! 남편?”

"… 어….”

"저번에 봤어. 남편이구나.”

"야, 아무튼 반갑다. 우리 언제 커피 마시면서 수다 떨자.”

"내가 너 끝날 시간에 올까? 이사 와서 이 주변에 대해 몰랐는데 잘됐다.”

"어….”

"말보로 라이트 하나요.”

손님이 오자 수야의 뇌를 흔들고 있던 재잘거리는 주둥이가 다물어졌다.

손님이 있는 동안 한발 물러나 옆에 서 있던 차미은은 그가 나가자 다시 수야에게 얼굴을 들이밀며 말했다.

"지금 바쁘지? 그러면 나중에 내가 전화할게. 번호 뭐야?”

핸드폰을 손에 들며 수야의 말을 기다렸다. 수야는 어쩔 수 없이 자기 번호를 불렀다. 차미은은 문을 열고 나가다가 급하게 다시 들어와서 물었다.

"수야야, 이 동네 괜찮은 소아과가 어디야?”

"어…. 저기….”

수야는 머리가 하얘졌다.

25

"여기 다 비슷해."

대충 얼버무렸다.

"넌 어디 다녀?"

"......"

그때 마침 반갑고 고마운 손님이 들어왔다. 스위스 갑부가 말했다던 '손님은 항상 옳다.'는 지금 수야에게는 '살인 충동' 다음으로 와 닿는 문구다.

수야는 차미은에게 눈으로 손님이 있다는 눈치를 주며 말했다.

"나중에 말해줄게."

"그래. 그럼 수고해. 이따 전화할게"

드디어 나갔다. 짜증도 나고 걱정도 되고 심란하다.

'오전에 점주가 있을 때 들려서 아는 체하면 어쩌지.'

'점주가 자신을 남편이라고 했다는 걸 알면…. 그리고 점주가 아니라고 하면 차미은은 나한테 뭐라고 할까.'

'어…. 다시 오지 않을 수도 있어. 주변 회사나 혹은 혼자 사는 사람 아니고는 마트에서 사지 편의점에서 뭐 살게 있겠어?'

'오늘도 삼각김밥만 세 개 사 갔는데 이사 온 지 얼마 안 돼서 산 걸 테고. 물어볼 것 있으면 전화하면 되니깐 굳이 들리진 않겠지.'

'그리고 만약 오전에 들려도 그냥 넘어갈 수도 있어.'

수야는 불편함을 상쇄시키기 위해 좋은 방향으로 생각해 봤다.

"차미은이 오전에 들려서 점주한테 인사하면서 아는 척

해도 별거 있겠어?"

["안녕하세요." / "네." / "저 수야 친구예요." / "아. 네." / "다음에 또 뵐게요."]

 '이 정도로 넘어가겠지. 일하고 있는데, 무슨, "남편분이
시죠. 호호 부인이 하수야 맞죠?" 이러겠어?'
 '맞아. 괜찮을 거야. 신경 쓰지 말자.'
 '......'

　수야는 아직도 대장장이가 불에 달군 채 딱딱 두드리는
철 조각 마냥 얼얼하다. 들락거리는 손님이 모니터 속 인
물처럼 느껴진다. 얼얼한 정신이 조금 진정되자 차미은이
원망 되기 시작했다. 좀 일찍 와서 점주가 일할 때 오던
다 왜 자신이 일할 때 온 것인지. 특히 친하지도 않았던
차미은이 아는 척한 것이 괘씸했다.
 '지가 언제부터 나한테 살갑게 아는 척했다고….'
 '세상이 이렇게까지 나를 괴롭히는 이유가 뭐야?'
 '찌부러져 숨만 쉬고 사는데…. 내가 뭘 했다고.'
 '… 아직 숨 쉬고 있는 게 잘못인가.'
 '씨….'
 '내가 전생에 쟤를 때려죽였나 보다.'
　수야는 차미은이 오늘 사고로 죽었으면 좋겠다고 생각
했다.
 "띠띡"

문자가 왔다.

[수야야. 오랜만에 보니 반갑다. 이게 내 번호야. 나중에
시간 날 때 전화해.]

　겨우 진정되려고 하니 문자를 보내 다시 아까 일이 상
상이 아닌 실제 일어난 일일 것을 상기시켰다. 차미은의
글만 봐도 화가 끓어올랐다. 보자마자 지우고 싶었지만
번호를 알아두어야 할 것 같아 그냥 두었다.
　항상 똑같은 날만 계속되는 게 지겨웠는데 오늘 같은
일이 생기니 지겨웠던 날이 천국 같다. 차미은도 들르지
않고 점주도 바뀌지 않았던 몇 주일 전이 그립다.
　수야는 다양한 자극으로 이루어진 세상에서 얽힘이 숙
명인 인간으로 태어난 것은 신이, '너 한번 힘들어봐라.'
라고 던져놓은 것 같다. 수야는 '원래 없었던 것'처럼 돌
아가고 싶다고 주절거렸다.
　집으로 돌아가는 길에 전화가 왔다. 엄마다. 오랜만이다.
하지만 받지 않았다.
　"띠띡"
　'뭐야, 오늘 뭔 날인데 문자가 두 통이나 와.'
　설마 또 차미은인가 싶어 걱정하며 핸드폰을 열어봤다.
엄마였다. 전화를 받지 않으니 바로 문자를 보냈다.

[엄마 생일날 전화 한 통 안 하는 자식이 있냐. 네가 누
구 덕에 태어났는데.]

오늘 온 두 통의 문자는 수야의 두통을 유발했다. 엄마가 보낸 문자를 보기 위해 문자 버튼을 누르니 보고 싶지 않아도 이전의 문자 목록이 눈에 들어왔다. 지난달 문자였다.

[엄마, 전화 안 받아서 문자 남겨. 빨리 연락해. 지금 OO 병원으로 올 수 있어? 나 지금 맹장 수술해야 한대. }

[오늘 바빠. 니 언니한테 전화해 봐.]

두 달 전에 갑자기 배가 심하게 아파 참다 참다 병원에 갔더니 급성이니 맹장 수술을 바로 받아야 한다고 했다. 수야는 맹장 수술은 데구루루 구를 정도로 아파서 병원에 가게 된다고 알고 있었는데 그 정도로 아프지 않아서 의아했지만, 의사는 경우에 따라 다르다고 했다.

간호사가 전신마취를 해야 해서 가족 중 한 명의 주민등록 번호와 연락처를 적으라고 했다. 어릴 적 이혼한 아버지에 대한 마지막 기억은 현재 자신 또래의 모습이다.

가출해서 남자친구와 동거 후 아이 낳고 살고 있는 언니라도 연락해 볼까 하고 핸드폰 주소록을 뒤졌다. 019로 시작한다. 마지막 통화가 언제인지 기억이 안 난다.

수야는 엄마의 주민등록 앞 일곱 자리는 제대로 적고 나머지는 대충 지어냈다, 그리고 관계에 (모)를 쓰고 연락처란은 비워 놓았다.

"어. 깨어났네. 괜찮아요?"

옆의 환자 보호자의 목소리가 들렸다. 수술을 마치고 마취에서 깨 정신을 차려보니 병실에 누워 있었다. 조금 있다가 간호사가 들어왔다.

"가스 나왔어요?"

"아니요."

"가스 나오기 전에는 물도 드시지 마세요."

"네."

"보호자분은 어디 가셨어요?"

"... 그런 거 같아요."

병실 보관함을 열고 핸드폰을 열어보니 문자가 두 통이나 와 있었다. '누구지?'하고 핸드폰을 열어보니 병원에서 온 두 개의 문자가 있었다.

[하수야씨 수술 들어갔습니다.]
[하수야씨 수술 끝났습니다.]

" 쿵 "

마지막 택배 상자를 차에 던졌다. 현재는 이제야 허리를 펼 수 있게 되어 기쁘다. 허리를 편다는 것이 이렇게 행복한 것인지 요즘 느낀다.

"야. 유현재!"
집에 가려는 현재를 누군가 부른다.
"이거 마셔."
같이 택배 분류 아르바이트를 한 이중수가 현재에게 음료수를 건넨다.

"어. 형, 감사합니다."
"여기 창고 자판기 음료수가 싸."
대학생인 이중수는 현재보다 일곱 살이 많다. 평균 성인 남성 키인 현재보다 한참 작지만, 뼈대가 두꺼워 그런지 실제 키보다 커 보인다. 군대에서 주말 아르바이트 자리를 알아보고 제대하자마자 면접을 본 후 바로 일을 시작했다.
고등학교 때 아버지의 병환으로 대학을 포기했었지만 중수 담임의 노력으로 국가 장학금을 받고 대학교에 입학했다. 하지만 병원비 때문에 군 복무로 휴학한 학교의 복학을 생각할 여유는 없다. 그래도 이제는 여동생이 미용실에 취업하면서 생활비를 보태기 시작했다.

중수의 어머니는 전화상담 일을 했었는데, 당뇨병이 심해지자 가족 요양보호자로서 아버지를 간병하는 것이, 어머니의 건강과 벌이 둘을 고려했을 때 낫다고 생각해서 일을 그만두게 했다.

중수는 생활비와 아버지 병원비를 벌기 위해 주말에는 택배 분류 아르바이트를, 주중에는 후임병서의 누나 회사에서 인턴사원으로 일한다.

고등학교 1학년인 현재는 부족한 용돈을 벌기 위해 주말 동안 택배 분류 아르바이트를 한다. 중수와 현재, 둘은 오늘이 네 번째 보는 것이지만 지하철까지 같이 걸어가면서 이야기하다 보니 쉽게 친해졌다.

현재는 몇 번 안 봤지만 잘 챙겨주는 것이 고맙고 아는 것이 많은 형이 해 준 말들이 도움이 되고 재밌다. 외아들이라 형제가 없는 현재는 생각했다.

'나도 저런 형이 있었으면 얼마나 좋았을까. 아니 형이 욕심이라면 동생이라도…. 형제가 있었으면 힘이 되고 좋았을 텐데.'

올해 열일곱 살이 된 현재는 작년에 교통사고로 부모를 모두 잃었다. 현재의 아버지는 나사와 볼트를 만들어 납

품하던 공장을 운영했었다. 부지런하고 사업수완이 좋은 탓에 규모가 큰 거래소들을 계약하면서 동종업계에서는 꽤 잘 나갔다.

그의 부모가 죽고 미성년자인 현재를 큰아버지가 맡았다. 지방에서 공무원을 하던 큰아버지는 현재를 돌봐야 하기 때문이라며 서울의 현재네 집으로 가족 모두 이사했다. 현재의 부모가 쓰던 안방은 큰아버지 부부가 쓰고 현재가 쓰던 방은 큰아버지 딸 둘이 사용한다. 그리고 옷방으로 쓰던 작은 방을 현재가 쓴다.

큰아버지네 식구가 살면서 집에 있던 부모님의 흔적은 금세 지워졌다. 그리고 큰아버지는 관리할 수 없다는 이유로 현재 아버지의 공장을 모두 처분했다.

고모가 왔을 때 현재가 부모의 교통사고 보험금 때문에 큰아버지와 다투는 것을 보고 현재는 보험금을 받았다는 사실을 알게 됐다.

장례를 치르고 한참이 지나도 떠나지 않자, 현재는 언제까지 서울 집에 머물 거냐고 큰아버지에게 물어봤다. 그러면, "네가 좀 안정이 돼야지. 부모가 한꺼번에 죽으면 주변 사람들이 파리 떼처럼 몰려들어 돈 다 뜯어가려고 할 거다. 어른과 같이 살고 있으니깐 지금 잠잠한 거야."

현재는 큰아버지가 왕파리같이 느껴졌다.

몇 달이 지나 현재네 집은 큰아버지 집처럼 됐다. 현재는 학교 갔다 돌아오면 친척 집에 온 것 같은 불편함을 느꼈다. 큰아버지도 현재의 불편을 알아챈 눈치다.

큰아버지는 현재를 볼 때마다 딱히 할 말이 없고 현재가 질문을 할까 봐 똑같은 말을 계속 되풀이했다.

"아이고. 불쌍한 우리 현재. 네 부모가 어떻게 눈을 감겠냐. 너를 두고."

현재는, 곡소리 비슷하게 리듬을 넣어 볼 때마다 수십 번씩 읊조리는 말을 듣는 것이 불편해서 집에서는 주로 방에 들어가 있었다.

언젠가부터 되풀이하던 큰아버지의 레퍼토리가 바뀌었다.

"현재 너를 돌보기 위해 그 탄탄한 공무원도 그만두고 연금 다 포기하고 서울로 가족 모두가 왔다."

하루는 대충 넘어가던 같은 말에 현재도 단호하게 대꾸했다.

"네. 그런데 이제 저 혼자 할 수 있어요. 이제 돌아가셔도 괜찮아요."

큰아버지는 당황한 기색을 보이다 현재의 대꾸에 짜증이 올라온 듯 답했다.

"네가 미성년자라 법적으로 내가 너와 이 재산들을 관리할 권리가 있거든. 그리고 네 아버지이기 전에 내 동생이다."

큰아버지는 당당했다.

현재는 부모의 자취를 지워내는 큰아버지 식구가 불편했다. 하지만 그들은 돌아갈 것 같지 않다. 자신이 성인이 아닌 것이 아쉽다.

현재는 올해 중학교를 졸업하고 내년에 고등학교를 들어간다. 원래 가려고 생각했던 집과 가까운 일반 고등학교가 아닌, 서울 외곽에 있는 기술을 배우는 공업 고등학교로 진학할 계획이다. 현재 아버지도 실업계 고등학교를 나왔다. 현재는 기술을 배워 빨리 취업해서 경제적으로 독립해야겠다고 생각했다.

큰아버지에게 이를 말하니, "그게 좋겠다. 네 아버지도 그렇게 해서 공장을 일군 거야. 잘 생각했다."라며 기뻐했다.

서울에서 다니기는 거리가 멀어 불편하기 때문에 학교 근처 원룸에 살고 싶다고 했다. 그러자 "네가 빨래랑 밥이랑 다 헤먹고 다닐 수 있어?"라며 큰엄마가 물었다.

현재는 괜찮다고 대답하며, 덧붙였다.

"이제 큰아버지 식구들도 댁에 내려가세요. 어차피 집에 저도 없으니. 그리고 제가 걱정 끼쳐 드리지 않게 자주 연락드릴게요." 그러자, 큰아버지는 기다렸다는 듯이 물었다.

"그럼 이 집은 필요 없으니 처분할까?"

현재는 침착하게 대꾸했다. "아니요. 제가 성인이 되면 다시 올라올 것이니 전세로 해 놓을게요."

"큰아빠가 알아서 할 테니 너는 이사 준비나 해라."며 성급하게 대화를 끝맺었다. 그리고 현재가 들을 수 있게 큰 소리로 혼잣말처럼 말했다.

"지금 누구 덕에 안전하게 있는 건데."

현재는 큰아버지가 말하는 '누구'가 자신인지 큰아버지인지 헷갈렸다.

" **아**이, 씨! "

수야는 그녀가 편의점으로 들어오는 것을 보고 한 입밖에 안 먹은 삼각김밥을 입 안으로 꾸역꾸역 밀어 넣었다.

"아이고, 천천히 드세요."

그녀는 식사 중 들어와서 미안하다는 듯이 수야에게 말했다. 평소처럼 명품 선글라스를 끼고 한 손에 핸드폰을 들고 왔다.

"캑캑"

급하게 삼키려다가 사레가 들렸다. 저쪽에서 그녀가 걱정스러워하는 게 느껴진다. 창피해서 피가 머리로 올라온다. 그녀는 하수야가 불편할까 봐 사려는 작은 생수병을 이미 냉장고에서 꺼냈지만, 계산대 쪽으로 오지 않는다. 하수야의 캑캑거림이 멈추자 다가와 물건을 올려놓는다.

"수고하세요."

살짝 미소를 띠고 나갔다. 수야는 그냥 옆에 몰래 툭 떨어뜨릴 걸 급한 마음에 입에 밀어 넣은 것이 후회된다.

"씨…. 쪽팔려. 짜증 나."

아까의 상황이 뇌에서 빠르게 되돌리게 되더니 얼굴에서 열이 난다. 눈이 깜빡거려지고 고개가 끄떡끄떡한다. 틱이 나온다.

자신과 또래인 편해영은 잘 나가는 회사 대표다. 비누와 팩으로 유명한 스킨천국이 그녀의 회사다. 나이와 미혼인 것을 제외하면 모든 것이 다르다. 집은 서울의 강남에 있는 아파트에서 부모와 같이 살지만 사무실이 편의점 옆 건물에 있어 자주 들린다.

그녀는 녹차 가루나 벌집 가루 등 다양한 재료를 넣어 만든 천연비누를 팔았는데 특히 누에 가루 넣은 비누가 초대박이 났다. 공중파 저녁 뉴스에 탈모 치료에 누에가 좋다는 보도가 나온 것이 성공의 시작이었다.

사람들은 인터넷에 검색하기 시작했다. 누에 샴푸는 꽤 많았는데 누에 비누는 거의 없어 편해영의 것이 가장 위에 검색됐다. 천연의 느낌을 강조해서 향이나 촉감 등의 성분 첨가물이 샴푸보다 단순한 천연비누를 선호하는 사람들은 편해영의 것을 구매하기 시작했다. 비누의 특성상 제작이나 보관 등 관리가 어렵지 않아 갑자기 물밀듯이 들어오는 주문도 급하게 직원 몇 명 더 뽑으면 해결됐다.

누에 비누의 성공으로 편해영의 사업은 시작하자마자 자리를 잡았다.

편해영은 비누로 성공하면서 피부관리 시장으로 관심을 넓히기 시작했다. 제품의 제작과 보관이 수월한 상품을 모색하면서 팩에 관해 연구하기 시작했다.

관리실에서 많이 쓰는, 가루에 물이나 에센스를 타고 얼굴에 바르면 석고처럼 굳어지고 이를 떼어내는 팩을 만들었다. 이미 시중에 많이 나와 있었지만, 누에 비누의 성공으로 천연제품이란 인식과 유통망이 확보되어 있어

수월하게 팔렸다.

편해영의 행운은 고속 충전기처럼 다시 곧바로 힘을 냈다. 중국의 가장 큰 화장품 유통회사에서 연락이 왔다. 그 회사 간부가 편해영의 팩을 우연히 써봤는데 만족도가 컸던 것이 요인이 됐다.

중국 전역에 로드숍을 통해 화장품 유통을 하고 있던 그 회사는 편해영의 팩을 배포했다. 팩 제품에 관해 관심이 커지고 인기를 얻고 있어서 편해영의 팩도 높은 판매를 보였다. 남들은 30년가량 걸리는 일을 편해영은 3년 만에 해냈다.

건물 청소하는 아주머니들이 하는 이야기를 들었는데, 회사가 차려진 지 얼마 안 됐는데 백억 가까이 벌었을 거라고 했다. 그러면서 편해영에 관한 이런저런 이야기를 늘어놓았다.

수야는 아주머니들의 대화를 듣고 생각했다.

'강남 토박이인 거 보면 원래 집이 좀 살았나 보네. 맞아. 대학교 졸업하고 미국으로 디자인 유학도 갔었다며. 그러면 좀 산 정도가 아니지.'

'사람들이 돈도 많고 크게 성공도 했으면서 성격도 좋다고 하는데, 저 상황이면 성격이 나쁠 수가 없잖아.'

'게다가 사업하자마자 성공해서 힘든 시기도 없었어.'

'귀티 난다고 하는데 부자인 걸 아니깐 그렇게 보이는 거야. 그리고 피부 관리 빡세게 하고 명품 가지고 다니는데 귀티 안 나기가 더 힘들지.'

수야는 사람들의 편해영에 대한 칭찬이 아니꼽다. 꼬투

리를 잡는 것이 아니라 상황이 사람을 만드는 것인데 모든 원인을 사람에게 돌리는 것이 싫다. 탓이든 덕이든, 모든 것이 사람의 역량인 듯 돌리는 것이 마음에 들지 않는다.

'피부 관리 숍도 많이 다녀보고 하니깐 팩에 대한 유행도 알았겠지.'

'... 나는 태어나서 피부 관리실 한번 못 가봤는데….'

'나도 좋은 집안에서 사랑과 지원 많이 받고, 외국에 유학도 갔다 오고 했으면 지금 편의점에서 아르바이트생이 아닌 편해영처럼 직장인 손님으로 왔을 거야.'

부와 명예, 자신이 원하는 모든 것을 실현하고 있는 편해영이 부럽고 얄밉다. 기회만 되면 자신은 짓밟으려고 하고, 편해영은 어떻게 하면 더 큰 행운을 줄까하는 세상의 다른 고민이 느껴진다.

운이 좋아 편하게 사는 편해영을 보면 세상의 불공평이 느껴져서 역겹다. 그래서 그녀가 편의점에 올 때마다 불편하다. 안 왔으면 좋겠다.

편해영은 편의점에서 생수를 사서 사무실로 올라와 유산균 가루를 생수병에 타고 흔든 후 마셨다. 그리고 인턴사원을 불렀다.

" **네**! 대표님. "

중수는 편해영의 회사에 인턴사원으로 일하고 있다. 제대하자마자 시작한 인턴 생활이 3개월째 접어들었다.

"중수 씨. 일은 어때요?"
"네. 할 만합니다. 감사합니다. 기회 주셔서."
"인턴 3개월째네요."
"네."
"학교는 어떻게 할 거예요? 복학하나요?"
"... 복학보다는 계속 일을 하고 싶습니다."
"대학교도 장학금으로 다니는데 졸업은 하는 것이 낫지 않나요?"
"사실 지금 상황에서는 안정된 곳이라면 취업이 먼저입니다. 제가 가장이고 또 아버지 병원비도 그렇고."
"그리고 요즘 세상에서 대학 졸업장만큼 경력도 쳐주는 터라 열심히만 쌓는다면 졸업장보다 낫다고 생각합니다."
"그러면 다음 달부터 회사 정직원이 되면 계획이 어떻게 되죠?"
"학교는 그만두고 취업을 선택하겠습니다. 저희 능력을 최대로 발휘할 수 있도록 노력할 것입니다. 그리고 제가 중국어과라 중국 시장 관련한 일도 가능합니다."

"네. 그럼, 중수 씨는 이번 달 까지만 인턴 사원이고 다음 달부터는 스킨천국 정직원으로 채용됩니다. 관련 서류들은 나중에 인사팀에서 자세히 설명해 줄 거에게요."

"감사합니다! 열심히 하겠습니다!"

해영은 중수의 사정이 딱해서 취업시킨 것이 아니다. 인턴 생활에서 보여준 열의 때문이다.

무던한 성격도 좋았다. 힘든 가정 상황에 대해 숨기지도, 그렇다고 편의를 바라지도 않았다. 묵묵히 그리고 영리하게 일을 해 나갔다. 포기할 것은 과감히 포기할 줄도 알았다.

유한한 젊은 시간을 맘껏 못 누리는 것이나, 혹은 전액 장학금으로 다니는 대학 졸업장을 아쉬워하지도 않았다. 가장으로서의 책임감이 우선해야 하는 것이기 때문이었다. 버릴 수밖에 없는 것에 질척거리지 않는 '쿨함'이 특히 편해영의 마음에 들었다.

중수는 경상 계열로 지원하고 싶었지만 점수 때문에 어학 계열로 지원했다. 부전공으로 경영학을 할 계획이었지만 아버지의 병환이 심해져 부전공은 신청하지 않았다. 군 복무 중 어머니가 당뇨로 입원하게 되면서 중수는 제대하자마자 취업해야겠다고 생각했다.

군대에서 시간이 날 때마다 취업 관련 정보를 찾아봤지

만 경기가 좋지 않아 마땅한 곳이 없었다. 대학과 전공 모두 취업에 유리하지 않았다. 무엇보다 졸업장이 없어 지원 자격부터 부적합했다. 그러던 중 취업사이트에서 스킨천국에 대한 기사를 접하고 내무반에서 이야기했는데 마침 군대 후임의 누나가 그 회사의 대표임을 알게 됐다.

이중수는 후임에게 특별히 잘 대해줬다. 이후 후임에게 누나 회사의 인턴 자리를 부탁했고 후임은 중수를 누나에게 소개해 줬다.

중수는 일이 끝나고 지하철을 타자마자 어머니에게 전화를 걸었다.

"엄마. 오늘 뭐 먹고 싶어?"

"왜긴. 아들이 회사 정직원 된 기념으로 쏘려고 그러지."

"당연하지."

"아버지는 어때?"

"은영이는 늦게 온대?"

"네. 그럼 내가 알아서 사서 갈게."

"저녁 드시지 마."

중수는 교회 사람들과의 단체 카톡 방에 정직원으로 채용된 소식과 함께 감사 기도를 올렸다. 교회 사람들이 축복을 빌어주었다.

" **다**음 주 금요일이 생일이네. "

며칠 전 점주가 수아 옆에서 핸드폰을 보면서 혼잣말처럼 말했을 때 수야는 귀를 의심했었다. 가슴이 쿵쿵 뛰고 저 말에 감사하다고 대답해야 하나 고민했다.

'어떻게 알았지? 이력서에 주민등록번호 있으니깐 그것 보고 핸드폰에 체크해놨나?'

'편의점 아르바이트생에게도 이렇게 하는 점주가 있나. 첫인상과 다르네. 다시 봤다.'

'처음이다. 누군가 생일이라고 일주일 전부터 챙겨서 말해주는 건.'

수야는 이런 감정이 처음이라 그 한마디에 계속 가슴이 쿵쾅거렸다.

핸드폰을 들여다보던 점주가 고개를 들어 감격으로 멀뚱하게 서 있던 수야와 눈이 마주치자 다시 말했다.

"다음 주 금요일이 우리 애 생일이야."

"...아⋯. 네."

수야는 감사하다고 말하지 않은 것이 25살 이후 가장 다행인 일이라고 생각했다. 어깨가 살짝 내려갔다. 몰랐는데 힘이 들어가 있었다.

'그럼 그렇지. 내 생일 따위를.'

편의점 점주는 며칠 전부터 법석이더니 생일이 내일로 다가오니 며칠 전의 법석은 법석도 아니었다.

수야는 생각했다.

'부모 팔순 잔치도 저렇게 호들갑 떨지는 않겠다.'

"여보. 식당 예약 체크는 했어? 어. 체크 한번 해봐. 그리고 영진이 친구들 다 오는지도 한 번씩 체크해보고."

"근데 친구 엄마들 집에 갈 때 떡만 줘도 되겠어? 이럴 때 더 잘 보여야 하는 거 아냐? 그렇지. 뭐가 좋을까 한번 생각해 봐."

점주가 전화를 끊자 편의점 안이 조용해졌다. 좀 전의 통화에서 자신의 목소리가 시끄러웠겠구나! 깨닫자 어색했는지 변명하듯 말했다.

"우리 애 생일파티가 내일이라서 정신이 없네."

"아. 네."

"수야씨는 어렸을 때 생일선물로 뭐 가지고 싶었어?'

"어…."

태어난 날이라고 선물을 바라는 것은 수야는 익숙하지 않다. 태어났다고 선물을 바라는 것은, '비가 오니 애국가를 부르시오'란 것과 비슷하다. 즉 아무 관계가 없다.

45

바로 대답 못 하는 수야의 행동이 그냥 대충 넘어가라는 뉘앙스인 줄 파악하지 못한 점주는 수야의 대답을 기다렸다.

"어⋯."

아까의 "어⋯."는 생각이 나지 않아서였고, 지금의 "어⋯."는 너무 많이 생각나서 바로 대답하지 못했다.

'땋을 수 있는 긴 머리의 마론 인형, 주사를 놓으면 눈물 흘리는 아기 인형, 레이스가 달린 발목까지 오는 긴 원피스, 달콤한 밀크 초콜릿 등 지금도 생생하게 기억난다. 그때 가지고 싶었던 그 느낌이!'

"뭐 인형 같은 거요."

"인형?"

"음⋯. 우리 애는 특별해서 인형은 별로 안 좋아할 거 같아."

수야는 속으로 생각했다.

'부모 눈에만 특별해 보이지. 학교 가면 대부분 평범해.'

금요일 아들 생일날 점장은 수야에게 떡을 줬다. 그러고는 급하게 나갔다. 백설기 두 덩어리다. 수야는 한 덩어리는 편의점에서 먹었다. 존득거리는 게 맛있다.

아르바이트를 마치고 남은 백설기 한 덩어리와 유통기한이 지난 편의점 음식들을 비닐에 담았다.

46

집으로 가면서 수야는 자신만 들릴 정도로 작게 입으로
노래를 불렀다.

"생일 축하합니다. 생일 축하합니다. ‥‥ 하수야. 생
일 축하합니다."

" 탁탁 "

   속옷을 빨고 털어 세탁소 옷걸이를 휘어 만든 간이 빨래대에 걸었다.

   현재는 이제 원룸에 혼자 산다. 큰아버지 가족은 아직도 서울에 현재네 집에 산다. 첫째 딸이 재수학원에 다니는데 지방에 마땅한 학원이 없어 당분간 서울에 있어야 하기 때문이란다. 큰아버지는 수능을 잘 못 본 이유가, 작년 현재네 집에 큰일이 있어서 고3인 첫째 딸이 공부에 집중 못 해서 그런 것 같다고 했다.

   현재가 이사를 하고 현재네 집이 큰아버지 집처럼 바뀌자, 현재 이모가 와서 고소한다고 난리 쳤었다. 하지만 이모도 어린 자식들을 돌보며 바쁜 자기 삶에 집중하다 보니 현재의 일은 남의 일일 뿐이었다.

   현재는 학교 근처의 원룸으로 이사했다. 큰아버지가 다달이 보내는 용돈은 원룸 월세와 관리비, 학원비, 밥값과 교통비, 핸드폰 요금, 학교 관련 물품비용 등을 내고 나면 빠듯하다.

   머리도 자르고 낡은 운동화도 바꾸기 위해서는 용돈이 부족하다고 하자, 큰아버지는 무슨 투자를 했는데 돈이 묶여 있어서 나중에 보내주겠다고 했다. 이게 다 현재를

위해 돈을 불려 주기 위해 투자를 했다고 하며 조금만 기
다리라고 한다.

　요즘은 큰아버지는 전화도 잘 안 받는다. 문자로 해도
답변도 이틀 뒤에나 온다. 현재는 지금 당장 생활비도 모
자라서 아르바이트를 알아봤다. 평일은 학교와 학원에 가
다 보니 주말에 하는 것으로 한정했다. 현재는 인터넷을
검색해서 주말 택배 분류 아르바이트를 찾았다.

" **쏴**아. "

'비 많이 오네.'

　현재는 주말 아르바이트를 끝내고 집에 가기 위해 지하
철을 탔다. 지하철에 내려 계단을 올라가려고 하니 비가
잔뜩 내리고 있다. 오전에 갈 때 비가 내리지 않아 우산
도 챙기지 않았는데 비가 억수같이 쏟아진다.
　평소보다 어두컴컴하다. 지하도 안에 사람도 없다. 차
들이 '최악', '최악' 소리를 내며 도로에 채워진 빗물을
헤치며 가는 소리가 들린다. 소리 때문인지 평소보다 차
가 빨리 가는 것 같다.

'이런 비면 어차피 우산 써도 다 맞겠다. 집에 가서 씻자.'

계단을 올라가려 하는데 거칠어 보이는 한 무리의 십대들이 시끄럽게 떠들고 있다. 쌍욕 하기 대회에 참가하는지 열띤 연습 중이다.

현재는 그들을 보고 주춤했다.

'쟤들도 비를 피하러 지하도에 들어왔나 보네.'

그리고는 그들을 피해 반대편 계단으로 갔다.

'나가서 길 건너가야겠다.'

핸드폰을 옷 속 깊숙이 넣고 계단을 올라가는데 위쪽 계단 구석에 검은 비닐봉지 같은 것이 움직인다.

"어? 저게 뭐지?"

가까이 다가서 보니 검정 강아지였다 아주 작지는 않지만 작았다.

'비를 피하려고 계단을 내려왔나?'

'아니면 길을 잃었나?'

'설마 저렇게 귀여운 강아지를 누군가 버리지는 않았을 거고.'

강아지는 바들바들 떨고 있다. 추위 때문인지 아니면 길을 잃어서 두려움 때문인지는 모르겠다. 현재는 강아지가 춥지 않도록 옆에 쪼그리고 앉아 가만히 있었다. 주인이 찾고 있을 것 같아 계단을 올라가 살펴봤다. 갑자기 내린 비 때문에 거리에 사람이 한 명도 없다. 다시 내려와서 강아지 옆에 한참을 앉아 있었다.

'어린 강아지라 밤새 여기 계속 있으면 큰일 날 것 같

아.'

'음. 집에 데려가야겠다.'

현재는 강아지가 자신이 데려가도 겁먹지 않도록 충분히 쓰다듬어 줬다. 그리고 강아지를 품에 안았다. 강아지는 가만히 있었다. 추운지 현재 품에 머리를 들이밀었다. 현재는 자신에게 의지하는 강아지를 위해 고개를 푹 숙여 머리로 최대한 비를 막으면서 집에 왔다.

집에 들어오자마자 보일러를 켜고 원룸의 좁은 화장실로 둘이 함께 들어왔다. 물을 뜨겁지 않고 따뜻하게 해서 강아지를 조심히 씻기고 나서 현재도 대충 씻었다.

개를 키워본 적이 없어 뭘 줘야 할지 모르겠다. 우유를 데워줄까, 하고 인터넷을 찾아봤더니 어린 강아지는 바로 설사한다고 한다.

'큰일 날 뻔했네.'

'강아지는 키워본 적이 없으니 몰랐어.'

검색해 보니 편의점에서 강아지 간식 판매한다고 한다. 편의점에 자주 가지만 신경을 쓰지 않아서 몰랐던 사실이다. 현재는 축축한 머리를 하고 편의점으로 달려갔다. 구석에 강아지 간식이 있다. 그것을 몇 개 사서 와서 잘게 잘랐다.

우선 밥그릇에 물을 미지근하게 데워 넣었다. 강아지가 잘 마신다. 잘게 자른 강아지 간식은 손에 놓고 강아지 입에 댔다. 배가 고팠는지 허겁지겁 먹는다. 현재는 기뻤다.

집에 헤어드라이어가 없어 목욕 후 말리지를 못해 강아

지가 바들바들 떤다. 보일러 온도를 높게 해 놓고 모든 이불을 다 꺼내서 강아지 주변에 성벽을 쌓았다. 건조해질까 봐 수건에 물을 적셔 강아지 옆에 걸어두었다.

조그만 몸을 웅크린 채 잠을 잔다. 이제는 덜 추운지 몸을 떨지 않는다. 자면서 가끔 낑낑거리는데 그럴 때마다 현재가 옆에서 조심히 쓰다듬었다.

현재는 다음날 학교가 끝나고 강아지를 발견했던 지하철 부근으로 갔다. 혹시 강아지를 찾는 전단지가 붙어 있나 살펴봐도 없다. 그다음 날에는 가까운 동물병원으로 데리고 갔다. 혹시 아픈 곳이 있어서 버렸나 하는 걱정에 빨리 검사해서 치료할 부분이 있으면 해줘야 할 것 같았다. 수의사는 이리저리 살펴보더니,

"7개월 정도 됐네. 수컷이고 중성화는 안 돼 있어."

"지금 몸무게가 4킬로 정도니깐 다 크면 한 6킬로쯤 될 것 같고."

"할아버지 라인에 슈나우저가 있을 것 같은데."

"피부도 깨끗하네. 눈도 맑고. 원래 믹스견들이 건강해."

다행이다. 건강하다고 한다. 현재는 동물병원에서 추천한 사료를 하나 사서 집에 왔다. 인터넷으로 배변 패드와 밥그릇을 주문했다.

현재는 새로 사 온 사료를 다 먹은 햇반 통에 한주먹 넣었다. 사료가 좌르르 소리를 내며 플라스틱 그릇에 떨

어지자 강아지가 빛의 속도로 얼굴을 그릇에 박은 후 허겁지겁 먹는다.

강아지가 사료 먹는 것을 쳐다봤다. 잘 먹으니 흐뭇한 미소가 저절로 지어졌다. 양 볼을 위로 바짝 올려 웃고 있는 자신을 보니 현재는 부모님이 생각났다.

'우리 아빠도 내가 밥 많이 먹으면 나 보고 웃었는데 이런 기분이었나 보다.'

다 먹자 강아지는 고개를 들어 현재를 쳐다봤다. 눈이 마주치자 현재가 말했다.

"나랑 살래?"

강아지는 현재가 뭔가 말하자 좋다는 듯이 현재의 손을 핥았다.

'내가 키우는 게 이 강아지한테 더 안 좋은 걸까? 화목한 가정이 있는 집이 더 좋겠지?'

'아니지. 유기견 보호 센터로 보내면 어떻게 될지 모르는 거잖아?'

'주인이 찾아가지 않으면 안락사될 수도 있다고 들었어.'

'그래. 그날 나와 이 강아지가 만난 것은 운명이야. 굳이 그 출구로 나간 것도 만날 운명이었던 거야.'

'나랑 살자.'

강아지는 기다렸다는 듯이 현재의 손에 대로 얼굴을 비빈다. 현재는 기분이 말랑거린다.

"네 이름부터 짓자."

"이름을 뭐로 할까?"

"음…. 그래."

"너랑 만난 건 운명 같다."

"운명!"

강아지를 보고 말하니 꼬리를 흔든다.

"너도 그렇게 생각하지. 우린 운명이야."

"그래. 오늘부터 넌 운명이야. 유운명!"

"내 가족, 운명이."

현재가 방을 대충 정리하고 자기 위해 눕자 깔아준 수건 위에 엎드려 있던 운명이가 현재 옆으로 쪼르르 다가와 몸을 딱 붙이고는 숨을 한번 크게 들이쉬고는 잔다.

'아. 이게 아빠 된 기분인가!'

적막했던 회색빛 방에 새근거리는 귀여운 소리가 분홍빛을 더한다. 항상 현재 혼자였는데 이제는 옆에 따뜻한 생명체가 존재한다.

운명이의 새근거리는 소리를 들으니 현재의 마음이 편해지고 따뜻해졌다. 현재는 가족이 생긴 책임감과 기쁨을 함께 느꼈다.

" **하**수야 ! "

　수야의 이름을 부르면서 편의점 문을 활짝 젖히고 문을 고정한 팔 아래로 아이를 먼저 들여보낸 후 들어온다. 차미은이다. 참 미운 년이다. 수야는 이 순간 살인은 이해 못 하지만 살인 충동은 이해할 수 있다.
　'새벽에 꾼 악몽이 저년 때문인가보다.'
　"민수야. 인사해. 엄마 친구야."
　"안녕하세요."
　"……"
　"지나가다 들렀어."
　"어."
　"민수야. 이모한테 젤리 하나 달라고 해봐."
　"젤리 주세요."
　"어떤 거?"
　"민수야 빨리 먹고 싶은 거 하나 가져와. 빨리."
　민수는 앞에 걸려있던 커다랗고 알록달록한 젤리를 하나 꺼내 수야 앞에 놓았다.
　"이모한테 이거 주세요 해봐."
　"이거 주세요."
　"삑!"
　수야가 계산대에 올려놓은 물건을 바코드로 찍는 것은,

파블로프의 개가 침 흘리는 것보다 빨랐다.

"어머. 호호"

차미은은 수야가 장난치는 분위기를 만든다고 생각해서 몸짓과 소리를 과장해서 웃었다.

수야도 당황했지만 이미 손이 바코드를 찍었다. 그냥 가만히 기다렸다. 차미은의 길게 위로 올라갔던 입꼬리가 점점 오그라들었다.

"딸깍!"

손님이 들어왔다. 담배를 사려는 모양이다. 그 손님은 차미은 뒤에 줄을 섰다. 차미은은 가방을 뒤적이며 카드를 꺼냈다. 차미은은 선심 쓰듯 카드를 들이밀었다.

"여기."

수야는 그 카드로 2,500원 젤리값을 계산하고 평소에 계산을 마치면 그러는 것처럼, 카드와 젤리를 차미은 앞으로 살짝 밀어 넣어 계산이 끝났으니 가도 좋다는 몸짓을 취했다. 그러니 뒤에 손님은 자신의 차례라고 인식해서 한발 내딛은 뒤 상체를 살짝 앞으로 굽히며 머릿속에 있는 말인 담배 종류를 빠르게 내뱉는다.

그때까지 차미은은 가지 않고 비켜 서 있다. 담배를 사간 손님이 나가자 다시 편의점 안에 수야와 차미은 그리고 민수가 남았다. 민수는 젤리를 만지작거리며 빨리 나가서 먹고 싶어 한다.

차미은은 수야가 듣도록 바로 옆에 있는 민수에게 크게 또박또박 말했다.

"민수야. 학원 버스가 요 앞에서 내리잖아. 혹시 엄마가 늦게 나오거나 하면 잠깐 여기 편의점 들러서 이모랑 같이 있어. 엄마가 바로 올게."

"저기 엄마 친구 수야 이모거든, 이모한테 와서 기다리고 있어."

차미은은 무표정의 수야를 향해 과장되게 웃으며 말했다.

"수야야. 니 덕분에 마음이 좀 놓인다."

"내가 늦게 나와서 얘가 혹시 길에 혼자 서있으면 어쩌나 걱정될 때 있거든."

"그럼 수고해. 우리 갈게."

차미은은 혼자 떠들다가 갔다.

수야는 생각했다.

'저런 것도 결혼해서 얘 낳고 아파트에 살고 있는데….'

'세상은 망하는 게 답이야.'

" **저**기···."

"앗. 네"

수야는 눈에 뭔가 들어간 것 같아 눈을 비비고 있느라 바로 앞에 손님이 온 줄도 몰랐다.

"뭐 들어갔을 때 눈 비비면 안 돼요."

목소리가 익숙하다. 편해영이다.

"이거 인공눈물인데 넣으세요."

편해영이 일회용 인공눈물 한 개를 수야에게 내민다.

"아···. 네."

"렌즈 안 끼신 건가 보다."

"··· 네."

"좋겠다. 눈 좋아서."

"아···. 네."

"저는 눈 좋은 사람이 가장 부러워요."

"아···."

편해영이 나가고 짜증이 물밀듯이 들어왔다.

'하! 부럽단다!'

'편해영이 나에게! 쳇. 그렇게 부러우면 바꾸던가. 만약 삶도 바꿀 기회가 있으면 바꿀 건가? 아마 바꿀 거냐고 물어본 사람한테 침 뱉겠지.'

'부자가 거지한테 자유로워 보여 부러워요. 도둑 걱정

할 필요도 없잖아요 하는 거랑 뭐라 달라. 그리고 이렇게 후줄근한 옷을 입고 뭐 하러 렌즈를 끼겠어.'

'나는 시력이 좋아 명품 선글라스를 안 꼈다고 생각하나! 부유하게만 살았으니 찌들고 초라한 삶은 이해 못 하겠지. 밥이 없으면 스파게티 먹으라고 할 판이네.'

수야는 기부하듯이 부럽다는 말을 던진 것 같이 느꼈다. 하수야는 편해영이 그냥 뭔가 얄밉다.

운을 몰빵해서 가져간 것이, 자기처럼 그 어떤 행운도 찾아오지 않는 사람의 것을 빼앗아 간 것 같다. 세상의 자원이 한쪽으로 쏠리면 다른 쪽은 피폐해지는데, 운도 한정적일 것이라 느꼈다. 운 좋은 편해영이 자신인 것까지 끌어다 쓴 것 같다.

편해영은 사무실로 올라와 선글라스를 벗고 한쪽 눈에는 인공눈물을 다른 쪽 눈에는 항염제를 넣었다. 잠깐 눈을 감았다 떴다. 그리고 안경으로 바꿔 꼈다. 해영은 눈이 건조하고 각막이 약해서 콘택트렌즈를 잘 사용하지 않는다.

'또래인데 한 명은 편의점 아르바이트고 다른 한 명은 잘 나가는 회사 사장님이네. 좋은 일 하듯 친절한 웃음을 지어보지만 아르바이트생을 위해서가 아니지, 아르바이트생에게까지 친절한 자신을 위해서인 줄 모를 줄 아나.'

수야는 괜히 짜증이 난다.

아르바이트를 마치고 집으로 가는 길이다. 낮에 느꼈던

눈의 이물감이 여전하다. 눈이 약간 긁혔는지 뻑뻑한 느낌이 가시지 않는다. 편해영이 선심 쓰듯 준 일회용 인공눈물을 사용하기 싫었지만 버리느니 그냥 쓰는 게 낫겠다 싶다. 집으로 올라가는 길에 잠시 멈춰 주머니에서 인공눈물을 꺼내 눈에 넣었다.

눈을 꾹 감았다 떴다. 훨씬 낫다. 인공눈물이 흐르지 않고 잘 스며들도록 하늘을 올려다보고 눈을 감은 채 잠시 그대로 있다. 그리고 눈을 떴는데 그 순간 하늘에 뭔가가 있다.

'어? 뭐지?'

'설마….'

'치…. 요즘 하도 사람들이 유에프오다 뭐다 하니 전염됐나 보다.'

'인공눈물이 들어가면서 뿌옇게 된 상태라 헛것을 봤나 보네.'

하지만 수야는 뭔가 본 것 같은 느낌이 들긴 했다. 확실히.

2.   하수야와 유현재

" 낑낑 "

현재가 문을 닫으니 바로 운명이가 낑낑댄다. 운명이는 현재가 있으면 괜찮은데 학교에 가려고 문을 닫으면 안에서 낑낑대는 소리가 들린다.

현재가 나가서 잠깐 그러는지 아니면 계속 그러는지 현재는 바로 학교에 가야 해서 알 수 없다. 방음이 잘되지 않는 원룸 건물이라 걱정이다. 한참 생각하다 결심했다.

'무작정 걱정만 하지 말고 옆집에 운명이가 낑낑대는지 물어봐야겠다.'

"만약 그랬다면 사과해야 하니깐. 대충 넘어가면 불만이 쌓여 나중에 강아지 키우는 것 가지고 뭐라 할 수도 있어. 미리 양해를 구해야지. 아직은 어린 강아지라 그렇다고."

61

현재는 저녁을 먹고 나서 옆집 문을 두드렸다.

"쿵쿵"

"……"

조용하다. 아무도 없다.

'내일은 좀 늦게 와보자.'

다음날은 학교 갔다 와서 씻은 후, 운명이에게 밥을 주고 어제보다 늦게 문을 두드려 봤는데 없다. 그러고 보니 현재는 옆집에서 어떤 소리도 들은 적이 없다.

'저녁 늦게 들어오는 사람인가?'

현재는 그렇다면 다행이다 싶었다. 원룸에 머무는 시간이 적은 사람 같다.

하루는 저녁을 먹고 방 정리를 하고 있는데 누군가 올라오는 소리가 들린다. 현재는 가만히 멈춰서 듣고 있었다. 옆집 문 여는 소리가 들리자 현재는 바로 나갔다.

"똑똑"

수야는 집에 들어오자 바로 집 문을 두드리는 소리가 났다. 문을 여니 밖에 어떤 학생이 서 있다.

"방금 들어가시는 것 보고…."

"저…. 옆집에 사는데요."

"… 네."

"혹시 평소에 강아지가 낑낑대는 소리 나나요?"

"네? 어…. 강아지 있어요? 조용하던데."

수야도 옆집 사는 사람을 오늘 처음 봤다.

"저기…. 여기 살아요?"

62

"네."

"고등학생이에요?"

"네."

수야 답지 않게 처음 보는 사람에게 질문을 했다. 학생의 예의 바른 말투 때문이라 그런 건지 아니면 강아지가 궁금해서 그런 건지 자신도 모르겠다.

밖에서 현재의 목소리가 들리자 운명이는 안에서 낑낑댄다. 수야는 강아지가 궁금했다.

"저…. 강아지 한번 봐도 돼요?"

"아. 네. 잠시만요."

현재가 문을 열자 검정 솜뭉치 같은 운명이가 데굴데굴 굴러 나오는 것처럼 달려 나왔다. 굉장히 사랑스럽고 귀여웠다.

운명이는 현재를 몇 년 만에 본 것처럼 반가워했다. 수야가 운명이 입 부분에 손을 대자 처음 본 수야도 반갑다며 손바닥에 얼굴을 문지른다. 수야는 기분이 몽글몽글해졌다.

"강아지 이름이 뭐예요?"

"운명이요."

"아. 너무 귀엽다."

"혹시 운명이가 낑낑대거나 시끄러우면 말씀하세요. 제가 주의할게요."

"괜찮아요. 그리고 강아지 있는 줄도 몰랐어요. 하도 조용해서."

"네. 운명이는 집에서는 안 짖어요."

현재는 운명이를 안고 수아에게 인사를 한 후 들어갔다.

수야도 집으로 들어갔다. 신기했다. 옆집에 생명체가 존재한다는 사실이. 그리고 마음이 놓였다. 무서운 이웃이 아니라서.

섬처럼 느껴졌던 자신의 원룸이 이웃이 존재하는 곳이 됐다. 어두운 흑백에 구석진 부분으로 유채색이 살짝 스며들어 물들어졌다.

완구점처럼 상자마다 심장 없는 물체들이 꽉 채워 하나씩 들어가 있다가 아침마다 나갔다 다시 상자 안으로 넣어지는 느낌이었다. 자신이 이 원룸에 있어도 들키지 않는 이유는 살아있지 않은 그들과 기운이 별 차이가 없어서일 것 같았다.

하지만 생각이 바뀌었다. 상자마다 생명체와 이야기가 들어가 있다. 이 초라하고 낡은 원룸이 죽은 에너지들의 은신처나 혹은 '루저'들의 서식지가 아닌, 보송보송한 새 기운을 양성하기도 한다.

수야에게 이곳에서 전에 없던 생명의 기운이 느껴지기 시작했다.

며칠이 지났다. 사실 수야에게 며칠이 지나고 몇 달이 지나고 이런 것은 의미가 없다. 오늘도 아르바이트를 마치고 집으로 올라가는 길이다.

그 누구와도 대화라고 할 수 있는 것 없이 매번 같은 패턴으로 '왔다 갔다'를 반복하다 보면 정신병까지는 아니지만 시간의 개념이 존재하지 않게 된다. 어제와 오늘의 개념이 사라진다.

이번 주 수요일에 모임이 있고 주말에 가족들과 여행을 가고, 혹은 내달에 승진시험이 있고 이런 이벤트가 없다 보니 어제와 같은 오늘이고 내일도 오늘과 같을 것이다. 그러다 보니 오늘이 오늘이어서 중요하거나 큰일일 이유가 없다. 시험이 금요일이면 수요일인 오늘이 걱정이거나 또는 생일파티가 있는 토요일이 기대되겠지만, 어떤 걱정이나 기대도 없다.

수야 에게는 그저 '날'일 뿐이다.

오늘도 그저께와 같았던 어제처럼 그 길을 같은 시간에 딱 그 느낌으로 터벅터벅 걷고 있다. 그런데 앞에 누군가 있다.

'옆집 학생이네.'

아르바이트를 끝내고 집으로 가는데 옆집 고등학생이 핸드폰을 보며 앉아 있다. 고개를 들었을 때 마침 수야와 눈이 마주쳤다. 수야를 보더니 일어나 꾸벅 인사를 한다.

수야는 손에 들고 있던 비닐봉지에서 우유를 하나 꺼낸다.

"이거 먹을래요?"

"아니요. 괜찮아요."

현재가 손을 휘휘 저으며 말했다.

"아. 나 저 아래 편의점에서 아르바이트하는데 일 끝나고 유통기한 때문에 못 파는 거 가져오는 거예요."

수야는 혼자 사는 어린 현재에게는 아르바이트생임을 드러내는 것이 불편하지 않다. 솔직히 말해도 마음이 편했다.

현재는 두 손으로 우유를 받았다.

"감사합니다."

"강아지는 잘 커요?"

"네."

"아! 말 놓으셔도 돼요."

"어…. 그래. 강아지 귀엽던데. 보고 싶다."

"아무 때나 놀러 오세요. 운명이도 저만 봐서 지겨울 거 에요. 히히"

"아, 지금 보실래요?"

"… 진짜? 괜찮아?"

"네. 저도 친구한테 급하게 문자 보내느라 잠깐 앉아 있었고 들어가던 길이에요."

원룸까지 올라가는 이 익숙한 길을 누군가와 함께 가고 있다. 신기했다.

현재가 문을 열기도 전에 운명이는 빨리 문을 열라고 성화다. 문을 열자, 지난번처럼 굴러 나오듯 나온다. 그리고 다시 방으로 들어가며 현재더러 발을 동동 구르며 빨리 들어오라고 한다. 현재는 들어간 운명이를 아쉬워하는 수야를 보더니 말했다.

"들어가셔도 되는데. 근데 좀 지저분해요."

현재가 문을 활짝 열며 말한다. 수야는 현재의 집으로 들어갔다. 수야의 집 구조와 똑같다. 하지만 어린 생명들이 있어서 그런지 무덤 같은 자신의 원룸 기운보다 생기롭다.

"이거 보실래요?"

현재는 사료를 하나 들고 운명이에게 '앉아'를 하자 앉았다. 그리고 '손'을 하자 손을 주고, '다른 손'을 하자 다른 손을 현재의 손에 얹는다. 그리고 현재가 두 손으로 동그랗고 원을 만들고 '얼굴!'을 외치자 운명이가 그 원안으로 얼굴을 쏙 밀어 넣는다. 현재는 칭찬의 말과 함께 사료를 줬다.

"잘한다."

"영상보고 따라 해 봤는데 금방 배웠어요."

"간식 없으면 안 하긴 해요."

운명이는 간식을 더 달라고 보채는 듯이 현재에게 앞발을 대고 뒷발로 서서 콩콩 뛰었다.

"안 돼!"

현재가 말하지 운명이는 바로 내려와 조용히 앉았다.

"이러면 뒷다리 슬개골이 약해진다고 하더라고요. 안 좋다고 하길래."

"와. 말 잘 듣네."

"얘가 영리해서 포기도 빨라요."

현재는 수야에게 운명이를 자랑하느라 신났다. 수야는 귀여웠다. 둘 다.

좁은 방이라 고개만 살짝 돌려도 안의 모든 것이 한눈에 들어왔다. 책상 위의 가족사진이 있다.

"부모님은 늦게 오셔?"

"어…. 저 혼자 살아요."

"아? 왜 부모님이랑 떨어져 살아?"

"어…. 부모님 돌아가셨어요. 작년에."

"아. 그렇구나."

"……"

.

.

.

"쟤가 걔인가?"

동네 놀이터 한쪽 구석에서 작은 돌들을 쌓아가며 조용히 놀고 있던 수야를 향해 서너 명쯤 되는 아주머니들이 수군거렸다.

"어. 맞아."

"운 좋네."

"그치. 고아원에서 크는 것 보다 가정에서 크는 게 좋지. 부모님도 생기고."

엄마한테 뭔가를 들은 아이들은 뒤에서 수군거리지 않고 직접 수야에게 물어봤다.

"너 고아원에서 왔어?"

"아니."

"맞잖아. 너 고아원에서 왔잖아."

"아니라니까."

"화내는 거보니깐 맞네. 사실이 아니면 화낼 필요도 없잖아."

고아라고 하는 것에 화가 났고, 아닌 것을 맞다고 우기는 것이 혐오스러웠다. 소화가 안 되고 밥을 안 먹어도 배가 고프지 않았다. 그 당시는 어떤 느낌인지 잘 몰랐지만 커보니 그것이 역겨웠다는 것을 알았다.

어릴 적 수야네 집 근처에 보육원이 있었다. 그곳에는 수야 또래의 어린아이들이 많았다.

부모가 둘 다 있지만 사람들은 수야를 보육원 아이로 착각했다. 닮은 다른 아이와 헷갈렸는지 모르겠지만 언젠가부터 수야가 지나가면 뒤에서 수군거렸다. 수야는 동네의 다른 아이들이 그런 것처럼 보육원 뒷마당에 걸려있는 그네 타러 들어간 적도 없다.

그 수군거림이 시작된 것은 보육원이 이사 가면서부터이다. 아마 누군가 확실하지도 않은 것을 떠벌리면서 시작됐을 것이다. 소문이 대부분 그런 것처럼.

"어? 저 아이 고아원에서 본 것 같은데. 놓고 갔네."

"누가 입양했나 보다."

동네 사람들은 자신들끼리 수야를 보육원에서 누군가 입양한 아이로 정했다. 동네 사람들과 교류가 전혀 없던 수야 부모는 이에 대해 알지 못했다. 하루는 수야가 저녁 식사에 가족 모두가 모인 자리에서 이에 대해 말했다.

"사람들 떠드는 건 신경 쓰지 마."

고아라고 하는데 일곱 살 아이가 신경 안 쓰이면 성이 '고'이고 이름이 '아'다. 수야는 부모 중 한 사람이라도 동네 사람들한테 가서, "누가 우리 딸한테 고아해."하며 화를 낼 줄 알았다. 그래도 부모니깐.

하지만 무심했다. 정확히 말하면 평온했다. 순간 사람들이 의심하는 것을 수야도 의심했다.

시간이 지나 아이들이 초등학교에 입학하고 동네보다 학교에서 노는 시간이 늘어나면서 소문은 사라졌다. 아무도 신경 쓰지 않고 기억도 못 하지만 수야의 가슴속에는 시커멓게 남았다.

수야는 국어 시간에 소설 속에서 고아가 나오면 심장이 뛰고 죄를 지은 것도 아닌데 뭔가 들킬지 봐 조마조마한 느낌이 들었다.

"……"
.
.
.

"힘들었겠네."

"이제 많이 괜찮아졌어요."

수야가 자기 집으로 돌아가려고 일어났다. 문을 열자 현재는 아까 수야가 줬던 우유를 들어 보이며 말했다.

"아. 이거 잘 마실게요. 감사합니다."

수야는 잠시 멍한 기분이 들었다.

  '수고하세요'는 많이 들어봤지만 '감사합니다'는 어린아
이들이 뭔가를 줬기 때문에 받고 나서 자동으로 나올 때
를 제외하면 수야의 기억에는 들어본 적이 없다.
  수야는 감사하다는 말이 잠시 멍할 정도로 감격스러웠다
환하게 웃으며 '감사합니다'라고 했다.
  '그냥 바나나 우유였는데.'
수야는 마음이 말랑말랑해지고 기분이 몽글몽글해졌다.
새로운 경험을 한 것 같아 수야는 기분이 좋다.
  '경험은 생명체가 주는 것이 가장 새롭구나.'
  그 후, 수야는 저녁에 편의점 음식을 가져와서 현재를
챙겨줬다. 편의점에 새로운 메뉴가 들어오면 예전과 달리
기대됐다.

" 콩콩 "

이 시간에 현재네 집 문을 두드리는 사람은 정해져 있어 현재는 바로 문을 활짝 열어 고정했다. 운명이도 수야를 온몸으로 반긴다.

"감사합니다."

"이거 새로 나온 거야."

"와. 맛있겠다."

"어. 져 주시면 누나는요?"

"내 거 여기 있어."

"그곳 편의점 사장님이 진짜 좋으신 거 같아요."

"제 친구도 편의점 아르바이트하는데 거기는 유통기간 지닌 것은 반납한다고 못 가져간대요."

"그래?"

"네."

"그리고 밖에 테이블이 있어서 거기 청소하고 그러느라 힘들데요. 담배 피우면서 침 뱉은 종이컵 그대로 놓고 가고, 라면 국물은 치워도 치워도 계속 생긴데요. 매장 정리하다 테이블 잠깐 못 치워서 밖에 나가보면 완전 전쟁통이래요."

"그리고 누나는 집에서도 가깝고. 완전 꿀 직장이에요."

수야는 자기 가족을 끔찍이 생각하는 깐깐한 점주에 대

한 장점을 생각해 본 적이 없다. 비교 대상은 이전 점주였는데 까탈스럽지 않고 유통기간이 지난 음식은 당연히 챙겨갈 수 있었고 월급은 정확히 날짜와 시간까지 지켜서 주던 그 점주가 아르바이트생들에게 최고의 점주인 것을 알 수 없었던 수야는 지금의 점주가 그냥 별로였다.

하지만 현재의 말을 들어보니 '만족'까지는 아니지만 '다행'과 비슷할 것 같은 느낌을 받았다. 수야는 비교를 통해 좋은 느낌을 받을 수 있는 것을 처음 경험했다.

수야가 자주 하는 일이 '비교'였는데, 손님들과 특히 편해영과 비교하며, '우울.'이란 것을 '우울!'로 각인시키기만 했다. 하지만 현재와 대화하면서 비교가 나쁜 기운만 가져다주는 것이 아니라는 것을 경험했다.

이외에 비교로 좋은 기분이 들 것 같은 상황은 생각나지 않지만.

수야는 요즘 살아있는 사람의 기운이 약간 느껴진다. 전에도 살아는 있었지만 잘 못 느꼈었는데 자신을 기다리고 반기는 생명체들이 있다는 게 전에 없던 느낌을 준다. 자신을 무려 '고마운 존재'로 생각하는 현재와 대화를 하고, 커가는 운명이의 나날이 발전하는 애교도 경험한다.

그래서 최근 우울감이 좀 줄었다. 죄를 짓지 않은 사람의 인권마저 바닥이었던 과거, 교도소의 노역을 마치고 철창 안으로 들어가는 죄수들의 모습을 재현하던 자신이, 티는 안 나는데 달라졌다. 어제와 똑같이 형광등이 깜박거리는 어둡고 좁은 원룸으로 기어들어 가는 것은 똑같지만 그들을 본다는 기대와 그들에게 해줘야 하는 책임감이 있다. 내일 일어나서 일터에 갔다 와야 할 이유가 생겼다. 이유 없이 끝맺는 법을 몰라서 하던 일에 이유가 생겼다.

하지만 애정이 생겨나면서 대신 다른 우울한 생각이 들 때가 있다. 전에는 세상에 '절대적 혼자'였는데 이제는 애정의 존재들이 있다. 수야는 현재와 운명이를 보며 드는 안타까움이 있다.

부모 없이 혼자 살아가는 현재나, 현재가 학교에 있거나 아르바이트를 가면 혼자 이 좁고 컴컴한 방에 '기다리는 것'만 하는 운명이를 생각하니 불편하다.

'지금은 잘 모르지만 이런 세상에서 아무런 도움도 없이 살아간다는 것은, 암울함이 생각보다 깊은 느낌이라는 것을 깨달아 가는 과정밖에는 되지 않아.'

'혼자가 편하다는 말이 사람에 대한 '미움' 때문이 아니라 '애정' 때문이었구나. 그리고 편하다는 것이 몸이 아니라 마음이었고.'

'현자가 나를 비웃으며, '저들은 너와 달라서 알아서 잘 살아갈 수 있어서 쓸데없는 오지랖이야.'라고, 말해줬으면 좋겠다.'

하지만 먼저 그것을 경험한 자로서의 어떤 미래가 펼쳐질 것이 분명할 것이기 때문'에 수야는 마음이 불편하다.

" **운**명이 조용하네. "

수야가 올라가는 소리가 들리면 운명이가 문을 박박 긁어 댄다. 운명이는 수야 발소리를 구별한다. 현재 말이, 다른 사람이 올라오면 신경 안 쓴다고 한다. 그런데 오늘은 조용하다.

수야가 문을 두드리니 정신없어 보이는 현재가 문을 연다.

문틈으로 보이는 방안이 난리가 났다.

"집이 왜 이래?"

좁은 방안에 사료가 여기저기 널브러져 있다.

"운명이가 이런 거야?"

"아니요. 제가 사료 봉투 뜯다가."

"어이구."

"운명이는?"

"흩어진 사료 먹을까 봐 화장실에 가둬놨어요."

"내가 도와줄게."

수야와 현재는 화장실에서 꺼내달라고 낑낑대는 운명이를 위해 재빨리 사료를 쓸어 담았다. 둘이 이것저것 이야기를 하면서 주워 담으니 금세 끝났다.

"여기 가위도 있네. 가위로 뜯지 그랬어."

"그러게요."

가위가 들어있는 연필꽂이 위에 편지 한 장이 붙어있다. 친구가 써준 편지를 벽에 붙여놓았다. 아래 '너의 친구 원숭이가'라고 쓰여 있다.

수야가 물었다.

"친구 별명이 원숭이야?"

"아! 네. 이름이 현승이라. 유치하죠. 헤헤."

사료를 다 담아 현재는 화장실 문을 열었다. 운명이가 신이 나서 방방 뛴다. 현재는 사료 한 움큼을 쥐어 운명이 밥그릇에 놓으면서 말했다.

"현승이는 한쪽 발가락이 여섯 개에요. 지금은 수술했지만. 그래도 깔끔하게 다섯 개는 아니에요. 신경 때문에 쉽게 자르지 못한데요. "

"그런 경우도 있어?"

수야는 발가락이 여섯 개였던 아이의 학창 시절이 상상이 간다. 나쁜 사람처럼 보이지 않기 위해 다름을 대놓고 놀리지 않는 성인 이전의 미성숙한 아이들에게, '다름'은 놀림감으로 만들기 좋은 소재다. 성인이 되면 다름을 가지고 놀림감과 조금 다른 방법인 차별을 하지만.

초등학교 때는 어려서 머리카락이 얇아 봐 줄 만했다. 하지만 수야가 중학교에 들어가면서 곱슬머리는 용수철 철사처럼 돼버렸다. 그래서 항상 고무줄로 꽉 묶어 다녔다. 하지만 봉인되어 있던 고무줄을 잡아 빼면, 머리카락은 물에 불어나는 검정 괴물처럼 점점 커졌다. 특히 바람이 불면 더 커진다.

교실인지 운동장인지 구분 못 하던 여학생 두 명은 언젠가부터 쉬는 시간만 되면 수야에게 집중한다. 어느 날 쉬는 시간에 잠깐 엎드려 있었는데 몰래 와서 수야 머리의 고무줄을 확 빼갔다. 수야는 당황하며 끈을 달라고 했다. 움직이다 보니 점점 더 불어나고 있는 머리를 보며, 아이들은 '블랙 메두사'라며 손가락질하고 키득거렸다.

학교 담임선생은 그들에게 장난기 많다고 표현했지만 그건 구경하는 아이들에게나 이해할 수 있는 표현이지, 장난을 당하는 아이에게는 그런 가벼운 표현마저 잔인한 고통이다. 누군가를 때려죽인 사람에게 판사가 힘이 세다고 표현하는 것과 비슷하게 느껴졌다. 장난기 많은 것이 아니다. 수야는 담임이 이렇게 말해야 옳다고 생각했다. "너는 '잔인성'이 많구나."

수야의 반에는 수야 이외에 그들의 놀림감인 아이가 한 명 더 있었다. 그 아이는 겨드랑이의 암내가 심했다. 누군가 암내가 옮을 수 있다는 말을 퍼뜨린 후 그 아이는 건들면 터지는 폭탄 장난감 같은 놀림감이 됐다. 수야네 반은 한 달마다 자리를 바꿨는데 자리를 바꾼 날 그 아이의 뒷자리에 앉게 된 아이는 울음을 터뜨렸다.

하루는 그 아이가 점심시간에 혼자 밥을 먹고 있는 수야에게 다가왔다.

"같이 먹을래?"

수야는 당황스러웠다. 암내가 옮을까 봐 그런 건 아니었다. 암내가 나서 그런 것도 아니다. 음식 냄새 때문에 암내는 전혀 맡을 수가 없었다.

수야는 놀림감들이 합체하는 상황이 되는 것 같아 당황스러웠다. '놀림감 1', '놀림감 2'가 세트가 되면 구석에 처박혀 있어도 눈에 띌 것이기 때문이다. 수야는 투명 인간처럼 다니고 싶었다. 하지만 둘이 뭉쳐 다니면 없는 듯 다니기 쉽지 않다. 다른 학생들도 "저기 왕따들 밥 먹고 있네." 이렇게 한마디씩 하고 갈 것으로 생각했다.

수야는 그 아이의 제안에 대답했다.

"나 밥 다 먹었어."

그리고 몇 숟가락 뜨지 않은 점심을 들고 일어났다. 한동안 수야는 급하게 점심을 먹던가 혹은 먹지 않았다.

.

.

.

"걔랑 친해?"

"네."

왜 멀쩡한 부모들이 자식들에게 친구 누구를 사귀냐며 세세히 간섭하는지 이해가 간다. '끼리끼리'라는 공식은 쉽고 명확해서 시대나 장소를 불문하고 많이 쓰인다. 현재도 그 친구랑 친하지 않은 게 좋겠다는 말을 하고 싶지만, 그럴듯한 이유를 말로 설명할 수 없을 것 같아 하지 못했다.

"너희 반에도 왕따 있어?"

수야는 현재의 친구 이야기를 듣다 보니 궁금해졌다.

“왕따라기보다는 애들이 좀 싫어하는 얘가 한 명 있어요.”

“왜?”

“걔가 어떤데?”

“못된 건 아닌데 짜증 난다고 해야 하나. 좀 눈치가 없어요.”

“여자들도 왕따 있어요? 누나 때에도 왕따가 있었어요?”

“… 어”

“있..었어.”

“그 누나는 어땠어요?”

“뭐…. 비슷해. 눈치가 없었어.”

“근데.”

“눈치 없는 게 이유라기보다 그 사람이 싫어서 그런 거지. 맘껏 싫어해도 되는 그런 사람 있잖아.”

“비슷한 상황에서도 사람에 따라 반응이 다르다.”

“……”

.

.

.

“환상의 카드가 뭐야?”

“뭐?”

중학교 2학년 첫날인 오늘 수야는 지각했다. 교통카드가 문제였다. 아침에 버스를 타고 카드단말기에 카드가 들어있는 지갑을 대면 '띡' 소리가 나야 하는데 오류가 났다. 다시 시도해 봐도 '띡' 소리 대신 뭔가 말이 나온다. 뒤에 사람들이 줄을 서 기다리고 있다.

당황스러운 수야는 뒤돌아서 앞문으로 다시 내렸다. 버스비로 낼 현금도 없다. 수야는 다섯 정거장 되는 거리인 학교까지 뛰어왔다.

1교시가 끝나고 쉬는 시간에 수야는 단말기에 카드를 대자 나온 말을 옆에 앉은 학생에게 물어봤다.

"환상의 카드."

"그게 뭔데?"

"버스 타려고 카드를 찍었는데 내가 가지고 있던 평범한 교통카드가 아니라 '환상의 카드를 사용하세요.'라고 하던데. 다시 카드를 대봐도 똑같은 소리가 나서 당황해서 버스에서 내렸어."

"……"

친구는 묘한 표정으로 수야를 쳐다보더니 뒤를 휙 돌아보고 시계를 쳐다봤다. 쉬는 시간이 거의 끝나간다. 안타깝다는 표정이다.

수야의 짝은 2교시가 끝나기가 무섭게, 소위 잘나간다는 노는 아이들이 모여 웅성거리는 쪽으로 순간 이동했다.

나뭇잎 굴러가는 것만 봐도 박장대소한다는 중학교 2학년 소녀들은 뒤에서 난리가 났다.

" '한 장의 카드를 사용하세요' 이걸 '환상의 카드를 사용하세요'로 들었다고? 걔 귀먹었냐?"

"버스에서 내려서 학교까지 뛰어왔데. 푸하하"

"그런데 걔 오늘 지각하지 않았어?"

"어. 맞아. 학기 초부터 지각하는 학생은 졸업할 때까지 재수 없다고 담임이 그랬잖아. 걔 말한 거야."

수야의 짝은 쉬는 시간이 되자 바로 뒤쪽으로 가서 키득거리면서, '저기 앞에 앉은 멍청하고 눈치 없는 얘'의 이야기했다.

쉬는 시간에 뒤에 모여 큰 소리로 떠드는, '잘나가는' 아이들 틈에 끼고 싶어 안달이 났던 수야 옆에 앉은 아이는 이걸로 점수를 얻어 자연스럽게 뒤의 아이들과도 친해졌다. 그날 점심시간이었다. 갑자기 어떤 아이가 정신없이 뛰어 들어오면서 소리쳤다.

"야. 화장실 갈 때 조심해. 드라큘라가 있어. 시커멓고 커다란 게 막 날아다니더니 벽에 딱 붙었어. 깜짝 놀랐네."

반 아이들은 다들 황당한 눈빛으로 그 아이를 쳐다봤다. 그 아이는 반 친구들에게 재차 말했다.

"되게 커. 까맣고. 어휴. 갑자기 날아 들어와서 깜짝 놀랐네."

그러자 한 친구가 물었다.

"뭐라고? 드라큘라가 화장실에 날아 들어왔다고?"

"어? 아, 내가 드라큘라라고 했어? 바퀴벌레, 바퀴벌레."

다들 잠시 머뭇머뭇했다. 하지만 몇몇이 웃으니 반 친구들 모두 한바탕 웃으면서 한마디씩 말했다.

"하하"

"쟤 작년 우리 반 반장이었는데 원래 저런 게 매력이야."

"완전 귀여워."

반 아이들이 웃으면서, 떠들썩했지만 어딘가 어색했던 신학기의 기운이 밝아졌다. 수야만 제외하고.

"......"

.

.

.

"눈치 없고 바보 같이 보이는 애는 뭘 해도 그래 보이고, 귀엽고 매력적으로 보이는 애는 뭘 해도 좋게만 봐."

약간에 정적이 있자 현재가 말했다.

"제 생각엔 따돌림당하는 애는 고리가 없는 것 같아요. 친구들과의 고리가. 그 안에 '괜찮아'를 말해 줄 수 있는 사람이 있으면 실수했을 때 분위기가 놀림감으로 놔두지는 않아요. 몇몇이 '하하' 이러고 시작하면 다들 그 분위기에 따라가는데. 하지만 '뭐야~ 쟤.'로 시작하면 분위기는 완전히 달라지거든요."

"인터넷에서 뭐 올릴 때도 첫 댓글이 중요하더라고요. 첫 댓글이 욕이면 그 아래 댓글도 부위기 싸하고 첫 댓글이 유하면 그 밑으로 험악해지지는 않잖아요."

"... 그러네."

" 어! "

편의점으로 교복 입은 현재가 들어온다. 그리고 누군가 함께 왔다.

"안녕하세요."

옆의 누군가가 수야에게 인사한다.

"같이 아르바이트하는 형이에요."

"아, 네."

수야가 대꾸했다.

"누나가 옆집 사세요."

"현재에게 말씀 많이 들었어요. 음식도 많이 챙겨주시고 진짜 좋으신 누나라고."

"아. 뭐….."

"이 형은 여기 스킨천국 다녀요."

"아!"

"형네 회사가 저희 집이랑 가까워서 시간 되면 운명이도 보고 밥 한번 먹자 했거든요."

"오늘 시간이 맞아서 라면 사서 가서 같이 끓여 먹으려고요."

"응."

현재와 중수는 라면 몇 개와 음료수, 과자를 사서 나갔다.

그날 저녁 수야는 현재에게 갔을 때 물어봤다.

"형은 일찍 갔네?"

"네. 내일 출근해야 해서 라면 먹고 좀 놀다 바로 갔어요."

"그 형은 어떻게 스킨천국 입사했데?"

"처음에 인턴사원으로 일하다 정직원으로 채용됐대요."

"인턴은 어떻게 된 건데?"

"친한 동생이 거기 사장님 동생이래요."

"인맥이 있었네."

"근데 대학은 나왔어?"

"아니요. 아직 졸업 못 했는데 정직원으로 채용됐어요. 그래서 학교는 그만뒀데요."

"뭐. 대학 등록금도 비싼데 채용됐으면 대학은 자퇴하는 게 낫지."

"근데 그 형 4년 장학금으로 들어간 거라 좀 아까울 거 같아요."

"공부 잘했나 보다."

"그것보다 아버지가 암으로 병원에 계시는데 국가가 주는 효자상인가 그걸 탔었데요. 그리고 학교생활 모범생으로 추천받아 대학 전액 장학생으로 입학했어요."

"대학교 졸업장도 없는데 취업했네."

"네. 그리고 회사 사장님도 자기 상황을 많이 고려해 주신대요."

"그래? 거기 사장은 어떻데?"

"성격도 깔끔하고 좋데요. 사업수완도 뛰어나고 배울 점이 많다고 하던데."

"금수저 출신이야."

"노력보다 얻은 게 훨씬 많고. 고생 한번 안 해본 사람인데."

"아. 그래요?"

"응."

"근데 월급은 많데?"

"네. 괜찮데요. 그리고 회사도 커 가는 상황이라 자기 들어오고 나서 얼마 안 있다가 신입사원 대거 뽑을 계획이 생겼나 봐요. 사람들이 이력서 낸 거 봤는데 다 인 서울 대학 졸업한 사람들이고 스펙도 좋고 그랬데요. 형은 회사 카드 목걸이 꼭 차고 다녀요. 되게 뿌듯해해요."

"특히 형이 안정된 직장 들어가고 싶어 했거든요. 형 엄마도 편찮으시고 동생은 나이 차이가 크게 나서 얼마 전에 취업하기 전까지 학교 등록금도 형이 다 냈어요."

"대단하다."

수야는, 상황은 좋지 않지만 이중수에게는 정신력이 주어졌구나 생각했다. 자신은 그런 상황이라면 뭘 해볼 엄두도 나지 않았을 것이다.

'그래도 세상은 이중수에게, 나처럼 아무것도 안 준 것은 아니다.'

'완벽하게 그 어떤 것도 주지 않은 나 같은, 흙수저 중의 흙수저는 생각만큼 많지는 않은 것 같아.'

수야는 캐릭터와 상황을 선택하는 오락처럼, 태어나기 전에 선택한다면 정신력마저 주어지지 않은 자신이, 힘든 상황과 강인한 정신력이 주어진 이중수보다 훨씬 덜 선택될 것이라 확신했다.

" **왜** 문이 열려있지? "

편의점을 마치고 집으로 올라가는데 현재의 집 문이 빼꼼 열려있다.

'왜 문 열어놨지?'

가까이 가니 열린 문틈으로 절에서 날 것 같은 향냄새가 난다.

현재는 제사 지낼 때 문을 발 하나 들어갈 정도로 살짝 열어놓던 아버지를 따라 문을 약간 열어놓았다.

수야는 안을 살짝 들여다봤다. 좋은 원룸이라 한 뼘 정도 열어놓은 문틈으로 방안이 다 보인다.

빨래도 개어놓고 저번보다 방을 정리한 느낌이다. 교복을 입고 손을 앞으로 가지런히 모은 후 고개를 숙인 현재의 뒷모습이 보인다.

'부모님 제사 지내나 보네.'

'어쩜 친척들이 아무도 안 오냐.'

'아니면 아직 어리니 자기들이 다 차려놓고 현재를 데리고 가던가 저게 뭐냐.'

자세히 보니 작은 밥상을 하나 펴 놓고 접시 위에 사과 세 개를 놓고, 작은 밥그릇에 흙을 받아 향을 피워 올려

놓았다. 상위에는 아버지, 어머니의 영정사진으로 보이는 커다란 사진 두 개가 있다. 현재가 사진에 대고 절을 하고 있다.

'아….'

수야는 어린 나이에 혼자 제사 지내는 것 보다 제사상이라고 차린 것이, 딸랑 상에다 접시 위에 사과 세 개 올려놓은 것이 안쓰러웠다.

'상이 작아서 사과만 올려놓아도 꽉 차긴 하네.'

'내가 현재 부모라면 세상에 혼자 남겨진 것보다 같이 데려가고 싶을 것 같다.'

'개똥밭에 굴러도 이승이 좋다는 속담은 개똥밭이니깐 그렇지. 개똥밭 정도는 참을 수 있어. 기껏해야 똥만 묻잖아.'

'유리 조각 밭에서 굴러도 이승이 낫다고 말할 수 있을까? 매 순간 살이 찢기고 찢긴 그 부분에 다시 유리 조각이 막히는 고통을 참는 게 저승보다 낫다고?'

수야가 문 앞에 서 있자 운명이가 문 쪽으로 다가와 반갑게 맞아 든다.

"들어가. 들어가."

수야는 무음으로 말했다. 그리고 조용히 자기 집으로 들어왔다.

이 좁은 원룸에서 혼자서 제사 지낸다고 작은 상에 사과만 덩그러니 올려놓고 절을 하는 현재가 가슴 속에서 떠나지 않는다.

수야는 이 안쓰러운 느낌이 불편했다. 차라리 몰랐으면 좋았겠다는 생각이 들 정도로 안쓰러움이 불편했다.

'쟤가 무슨 잘못을 했다고 세상이 이러냐.'

" 누나 ! "

"오늘 충무로에 갔었어요."

현재가 수야에게 말했다.

"왜?"

"강아지 훈련사에 대해 알아보려고요."

"국비 프로그램도 있더라고요."

"반려동물 관리사, 강아지 행동교정사 등 이름도 다양하고 자격증도 종류가 꽤 있는데 제가 하고 싶은 건 강아지 훈련사예요."

"그래. 요즘 텔레비전 프로그램도 많고 훈련사들도 유명세 타는 거보면 전망 좋은 거 같더라."

"네. 그리고 제가 원래 동물들 좋아하거든요. 어렸을 때는 수의사도 되고 싶고 그랬는데 적성에도 잘 맞을 것 같아요."

"유튜브로 요즘 강아지 행동 관련 영상 많이 보고 공부하고 있는데 종마다 다르고 나이별로도 다르고 그러더라고요. 생각보다 공부할 것도 많고 그런데 되게 재밌어요."

"훈련사는 기 싸움에서 이겨야 해서 무서워하면 안 된대요. 무서워하더라도 티를 내지 말아야 하는데 개들이 이걸 기막히게 알아본대요. 본능 같은 게 발달해 있어서."

"기 싸움에서 이기려면 우선 피하면 안 된대요. 눈을 마주 보고 만약 개가 으르렁거리고 이빨을 드러내도 뒤로 물러서지 말래요. 어떤 훈련사는 훈련하는데 개가 사나워서 교정이 잘 안됐데요. 그래서 어깨를 펴고 숨을 천천히 크게 한번 들이마시고 눈을 꼭 감았다 뜬 다음에, '이 버르장머리 없는 개놈아. 나도 이판사판이다.' 이런 마음가짐으로 개를 노려봤데요. 신기할 정도로 개가 누그러뜨려지더래요."

"그리고 개들 행동에 문제가 생기는 건 대부분 견주 때문이어서 훈련 교정할 때 견주도 함께 교정받아야 한대요."

현재 눈이 반짝거린다.

"그리고 좀 더 공부한 다음에 유튜브도 시작해 볼지 해요. 유튜브에서 훈련사들 영상 보니깐 저 같은 고등학생은 없는데 제 정체성도 드러낼 겸 교복 입고 하려고요."

"훈련 영상 보니깐 강아지들이 아주 어리거나 아니면 다섯 살 이상인 강아지들은 거의 없었어요. 대부분 한 살 좀 넘었을 때부터 세 살 정도까지의 강아지들이 많았는데 행동에 문제가 생기기 시작하고 이것을 고칠 수 있는 때가 이 시기인가 봐요."

"성격이 생기고 행동에 문제가 생겨서 이를 배우고 고쳐야 하는 때랑, 학생인 저랑 연결고리가 있는 것 같아요. 이걸 강조해서 유튜브를 찍으면 전문성이나 경험을 내세우는 훈련사들의 유튜브랑 차별을 둘 수 있을 거 같아요."

"훈련사의 입장 말고도 개의 입장에서 이해해 보면서 학교에서 수업받는 예시를 들려고요. '무조건 무서운 선생님은 수업에 더 집중이 안 되고 반항심도 생기더라. 그리고 젤 무서운 선생님은 항상 같은 규칙으로 일관된 선생님'이라고 뭐 이런 식으로 제 지금의 경험을 가지고요."

"운명이 덕에 제 미래 직업에 대한 팁을 찾은 것 같아요. 이르면 진짜 잘 지었죠. 헤헤"

이에 관한 생각을 많이 해본 덕에 현재는 자신의 계획에 대해 프롬프트 읽는 것처럼 술술 막힘없이 말했다.

수야는 현재가 기특했다. 하지만 한편으로는 안쓰럽기도 했다. 희망이 가득한 저 표정이 수야를 짠하게 만들었다. 열심히 하면 언젠가 모든 게 다 잘 풀릴 것 같은 어린 현재가 앞으로 부딪칠 세상은 불공평이 당연하고 흙수저가 잘 되는 건 로또인 세상이다.

"아. 그리고 오늘 충무로 가느라 편의점 근처 정류장에서 버스 기다리고 있었거든요. 거기 어떤 아줌마가 아이랑 있었는데 아이 옷에 영어로 이상한 글들이 쓰여 있는 거예요. 게다가 영어학원 간다고 하길래 이 문구가 아이

옷에 어울리지 않다고 말했는데 당황한 거 같았어요. 막 선글라스도 떨어뜨리고 허둥지둥했는데 그래서 괜히 말했나 후회했어요."

수야는 생각했다.

'나 같은 사람이었나 보다. 뭔가 지적하면 당황해서 어쩔 줄 몰라 하는.'

수야는 그 사람의 심정을 이해할 수 있을 것 같다. 그래서 모르는 사람이지만 내심 안타까웠다.

오늘도 현재는 자기 전에 유튜브로 훈련사들의 영상을 본다. 중요한 부분은 필기하면서 보는데 벌써 공책 한 권이 다 채워간다.

요즘 가장 잘나가는 훈련사의 영상을 보는데 그가 말했다.

"견주들은 반려견이 생을 마감할 때, 반려견에게 가장 듣고 싶은 말은 대부분 이것일 것에요. 저도 그렇고요."

"당신이 내 주인이어서 행복했습니다."

현재는 생각했다.

'당신이 내 주인이어서 행복했습니다.'

이 말은 운명이에게도 듣고 싶고 자신에게서도 듣고 싶은 말이다.

'당신이 내 인생의 주인이어서 행복했습니다.'

" 아…."

수야는 눈물이 흘렀다. 정말 고마웠다. 자신을 이해해
줬다. 안쓰러워했다.

'가족에게도 받지 못하는 위로를, 생전 본 적 없고 앞
으로도 볼 수 없는 혹은 봤다고 해도 알 수 없는 이들에
게서 받는구나.'

수야는 아르바이트를 갔다 온 후인 몇 시간 전에 인터
넷에 글을 올렸다.

[저는 웃는 방법을 잊었습니다. 아니 저에게는 태생부터
웃음을 짓는 능력이 없는 것 같습니다. 학창 시절에 따돌림
으로 힘들었습니다. 그 트라우마가 지금까지 이어져 오고
있습니다. 지금은 부모가 저를 속여 받은 보증 빚을 갚으며
하루하루 살아가고 있습니다. 보험이나 적금은 생각도 못
하는 하루살이 인생입니다. 결혼은커녕 연애는 생각도 못
하며 살다 보니 서른이 훌쩍 넘어버렸습니다. 혼자서 여행
다니기 외롭다거나 시댁 식구들 연례행사 때문에 피곤하다
거나 또는 직장 업무 스트레스가 어쩌고 아이 교육이 어쩌
고 힘들다고 불평하는 것들이 저에게는 꿈에서라도 한번
해보고 싶은 것들입니다. 미래는 지금까지의 인생보다 더
암울합니다. 기술도 열정도 친구도 없습니다. 인생에서 단

한 번도 즐거웠던 순간이 없었습니다. 만약 신이 저에게 저주를 내려 다음 생에 다시 태어나게 한다면 돌멩이로 태어나고 싶습니다. 아무리 발에 치여도 동글동글하고 단단한 돌멩이로. 자기 전에 가끔 기도하고 잡니다. 기도의 내용은 항상 같습니다. "제가 원래 없었던 것처럼 해주세요."]

사람들은 댓글로 위로의 글을 써주었다.

[너무 힘들었겠어요. ㅠㅠ /희망을 가지세요. 서른 훌쩍 넘었다는 것 보면 마흔 살 이전 같은데 아직 젊으세요. 기술을 배워보세요. / 학창 시절 따돌린 애들 다 벌 받을 것에요.]

글을 올린 지 시간이 얼마 지나지도 않았는데 많은 위로의 댓글이 달렸다. 댓글이 하나씩 늘어갈 때마다 신기하다. 이렇게 많은 사람이 즉각적으로 반응을 해준다. 수야는 새벽까지 계속 새로고침을 누르며 댓글을 일일이 읽어보고 또 읽어보다 잠이 들었다.

일어나자마자 어제 저녁에 인터넷에 올려놓은 글의 댓글을 확인했다. 새벽까지 새로고침을 하며 댓글을 체크해서 새로운 것이 많이 달리지는 않았지만 그래도 몇 개 더 달렸다. 어제처럼 수야의 상황을 안타까워하며 희망을 가지라는 위로의 말들이다.

새로 달린 댓글을 읽을 때 어제처럼 눈물이 흐르지는

않는다. 어제 감동을 받아 감정이 한번 북받친 상태를 경험해서 정도가 약해진 것과, 새벽의 감성과 잠을 자고 일어난 정오에 가까운 이 시간의 감성이 달라서라고 생각했다.

마저 읽고 나서 배터리가 14퍼센트라 충전기에 꽂았다. 충전하는 동안 세수를 하고 왔다. 냉동 피자를 데워먹었다. 일어나서 후다닥 하고 나니 여유시간이 있다.

일하러 가지 전에 댓글을 계속 새로 고치며 보기 위해 일찍 준비를 마쳤다. 미리 보면 계속 새로고침을 해야 해서 좀 기다렸나 보려 한다. 충전도 어느 정도 됐다. 시간도 지나 댓글이 몇 개는 더 달렸을 것을 기대하며 핸드폰을 열었다. 예상외로 댓글이 많이 늘었다. 특히 어떤 댓글에 붙은 댓글 때문에 빠르게 늘었다.

ㄴ 지나가려다 댓글 남기는데, 다른 사람들이 님글 보고 용기를 주는 것이 아니라 용기를 얻는 것에요. 이 댓글들이 격려나 위안으로 느껴지면 님은 정신 덜 차린 겁니다. '시댁 때문에 짜증 나는데 시댁이 있어보는 게 소원이네.' '회사가기 싫은데 급급하게 빚 갚으며 시급 아르바이트하고 있는 거 보면 멀쩡한 회사 정규직인 나는 상전이네.' 이러는 거에요. 사천 잃고 앓아누웠다가 일억 사기당한 사촌보고 털고 일어나는 게 사람 심리입니다. 이런 글 올려서 괜히 스스로 위로 구걸하는 불쌍한 인생으로 만들지 마세요.

ㄴ 지나가려면 지나가세요. 아니 어떻게 힘들다고 글

올린 사람한테 이런 악담을. 헐...

ㄴ 원글러님. 이 사람 신경 쓰지 마세요. 그냥 무시하세요.

ㄴ 어떤 변태가 몰래 자신의 사진을 출력해서 자위한다고 생각해보세요. 열받죠. 자신에게 아무런 피해도 가지 않았는데 열 받는 것은 의도하지 않았는데 자신을 이용해서 뭔가를 얻기 때문입니다. 이게 정상이고요. 그런데 님은 스스로 남이 자위하라고 자신을 던져 놓은 거에요. 이런 글쓰는 이유가 뭔가요? 자신을 불쌍하게 여기게 해서 얻는 게 뭐죠? 누군지 몰라서 도움도 못 받는데. 차라리 계좌번호 적고 도와달라고 하는 것이 덜 구질구질 해 보입니다. 제가 욕먹을 거 알고 댓글 쓰는 겁니다.

ㄴ 예시 저급한 거 보소.

ㄴ 남들이 댁처럼 저급하다고 생각하지 마세요.

ㄴ 관종이네. 욕먹으니 댓글 하나 더 달았네.

다른 댓글들이 그 댓글을 공격하며 댓글이 확 늘어난 것이다. 특히 그 사람의 두 번째 댓글 때문에 오전에 폭발적으로 댓글이 늘었다.

수야는 공격당하고 있는 그 댓글을 읽고 심장이 뛰었다. 얼굴이 붉어졌다. 더 이상 새로 고치며 댓글들을 보기 꺼려졌다. 수야는 글을 삭제했다.

" **삑**삑 '

"봉투 필요하세요?"
"아니요."
"안녕히 가세요."

한 시다. 수야는 오늘의 편의점 업무를 시작했다. 수야와 교대한 점주는 바로 나가지 않고 구석에서 계산서를 정리 중이다.

수야는 오늘 컨디션이 좋지 않다. 어제 먹은 매운 떡볶이가 문제다. 아침부터 화장실을 들락거렸지만 오전 내내 계속 속이 부글거렸다.

점주와 교대하고 시작한 지 얼마 안 된 지금도 밖으로 배출해야 할 것이 있다는 신호가 왔고 힘만 주면 바지에 쌀 것처럼 불안하다. 점심 식사를 마친 손님들이 줄을 섰다. 이 줄만 계산하면 평소에도 그렇듯이 한산해진다. 이 손님들만 계산하고 화장실을 갔다 올 생각이다. 마음이 급하니 손이 빨라졌다. 늘어선 줄의 마지막 손님까지 계산했다. 수야는 이제 화장실을 다녀오려고 한다.

"딸깍"

문이 열리고 손님이 들어왔다.

"하수야!"

차미은이다. 수야는 숨이 턱 막혔다.

'점주가 저기 있는데!'

최근 잠잠했던 틱이 나오기 시작한다. 눈을 깜박이고 머리를 짧게 끄덕끄덕하기 시작한다. 차미은이 쳐다보니깐 더 심해진다. 갑자기 속이 매스껍다. 토할 것 같다. 아까까지 못 느끼던 심장 뛰는 소리가 귀에 들린다. 배도 너무 아프다. 위와 장 심장, 뇌 다 삐꺽거린다.

'이대로 심장이 계속 쪼그라들어 죽었으면 좋겠어. 그리고 차미은이 죽인 것으로 하면 좋겠다.'

전쟁 중인 수야의 내부 상황과 상반되게, 차미은은 여유롭게 말한다.

"아이 영어학원 버스 올 때까지 시간이 있어서. 여기서 잠깐 기다리려고."

아무런 대꾸 없는 수야에게 차미은은 다시 말을 건다. "한산하네."

아까까지 북적거리던 편의점이라 기다렸다 지금 들어온 건지 수야는 알 수 없다.

"...어."

차미은은 뒤를 살짝 돌아보더니 수야에게 말했다.

"어? 오늘은 같이 있네."

차미은은 점주가 자신을 봐 주기를 기다리며 하체는 수야에게 머문 채 상체를 한껏 돌려 점주에게 향하며 말했다.

수야는 평소와 달리 생각이 한꺼번에 든다. 우선 차미은이 너무 징그럽고 혐오스럽다.

'어릴 적 쟤가 무서운 이유가 이것이었네. 징그러워.'

그리고 손님이 잔뜩 들어왔으면 좋겠다. 손님이 채워지면 이 좁은 편의점 안에서 차미은처럼 용무 없는 사람들은 나가지 않으면 불편한 눈치를 받을 수 있다. 특히 과자 하나를 사더라도 심혈을 기울여 한참을 고르는 여럿의 중학생들이 한꺼번에 들어와 좁은 편의점에서 에너지를 내뿜으며 떠들면서 물건을 골랐으면 싶다. 하지만 중학생들은 지금 학교에 있다. 그리고 밀물처럼 들어왔던 점심 식사 이후의 커피 부대, 담배부대들은 썰물처럼 나가버렸다.

수야는 저기서 버젓이 서 있는 밉상 차미은의 머리채를 잡고 흔들면서 말하고 싶다. '제발 나가!'라고.

그때 차미은은 뒤를 돌아 점주를 보고 크게 외쳤다.

"안녕하세요!"

점주는 깜짝 놀라 고개를 들어 차미은을 봤다. 차미은은 점주에게 말했다.

"수야 친구예요."

점주는 대답했다."

"아. 네."

그리고 다시 고개를 숙여 하던 일을 마저 했다.

차미은은 점주가 다가와서 커피라도 줄 것을 생각했는지 자신의 예상과 다르다는 것을, 작은 눈의 근육에 힘을 주어 크게 떠보려고 하며 수야를 본다.

차미은은 다시 뒤로 고개를 돌려 아까보다 더 크게 말했다.

"수야 중학교 동창이에요."

점주가 다시 고개를 들어, '어쩌라고'하는 표정으로 차미은을 쳐다본다. 차미은은 점주가 자신을 보자 묻는다.

"수야를 어떻게 만나신 거예요?"

"네?"

점주는 차미은 질문이 무슨 말인지 정확히 이해되지 않았다.

옆에서 수야는 심장과 장이 터질 것 같다. 스트레스를 받고 긴장한 탓인지 장이 꼬이는 것 같다. 배가 부글거린다. 참으면 여기서 옷에다 쌀 것 같다.

"야. 나 화장실 가야 해."

"어. 갔다 와."

참을 수 있는 상황이 아니다. 나갈 수밖에 없다. 점주쪽으로 가서 화장실 다녀오겠다고 작게 말했다.

"어. 다녀와."

점주도 작게 대답해 줬다. 열쇠를 가지고 밖으로 나가 건물 2층에 있는 화장실로 향했다.

급박한 그 순간 수야 머릿속에 뭔가 떠올랐다.

'그래. 나를 괴롭히면 좋은 일이 생길 것을 직감한 거야. 중학교 때도 경험해 봤으니.'

차미은은 점주가 남편이 아니라는 것을 알지만, 자신을 불편하게 만들고 괴롭히기 위해 연기하는 것일 수 있다는 생각이 들었다.

수야가 나오면서 차미은을 바라봤다. 차미은도 나올 줄 알았다. 아니 나왔으면 하고 바랐다. 아직 세상의 미션을 완수하지 못한 차미은은 나갈 생각이 없다.

하지만 수야는 화장실이 너무 급하다. 차미은이든 핵폭탄이든, 앞으로 닥칠 일이 무엇이든 간에 급하다. '엎친 데 덮치면'엎치기만 했을 때의 '엎친 일'보다 덜 힘들게 느껴질 수도 있다는 걸 알았다. 수야는 화장실에 왔다. 1초만 늦었으면 험한 꼴 봤겠다 싶다. 다행이었다.

몸이 편해졌더니 마음 불편한 게 느껴지기 시작한다. 계단을 천천히 내려갔다. 땅에 가까워지는 것이 두렵다. 들어가고 싶지 않지만 그렇다고 안 들어갈 수도 없다. 아니, 늦게 들어갈 수도 없다.

유리창 밖에서 보니 편의점 안에 차미은이 없다. 점주가 계신대 쪽에 있다. 손님이 와서 계산하고 있다.

'내가 나가자마자 손님이 들이닥쳐서 하수야가 할 수 없이 나갔나?'

편의점에서 손님이 나온다. 손님이 나오고 나서 수야가 들어갔다. 점주는 다시 자리를 이동해 뒤쪽으로 갔다. 아까 하던 일을 마저 한 후, 정리를 마치고 수야에게 다가와 평소처럼 수고하라고 말하고 나가려고 한다. 그러다 멈칫하더니 물어본다.

"아까 그 동창이란 친구, 친했어?"

"아니요."

수야는 아까 화장실에서 못 내리던 속도로 대답했다.

"아~ 그래."

"나 갈게. 수고!"

"네."

수야는 점주의 "아~"가 걱정되고 궁금하다.

'뭐지. 왜 물어봤지?'

'차미은이 이상한 질문을 했나? 아니면 그냥 물어본 건가? 친했냐고 물어봤을 때 간단하게 '아니요'라고, 말하지 말고 모르는 사이에 가까웠다고 말할걸 그랬나? 아니 차라리 사이가 아주 안 좋았다고 말할걸 그랬다. 그래서 걔가 그때의 앙금으로 날 모함하려고 말을 지어냈다고 생각할 수 있게.'

아까 그 자리에 없어서 상황을 모르니 갑갑하다. 아니 차라리 이게 낫다 하는 생각도 든다.

아까 상황의 선택지가 계속 머릿속에서 만들어진다.

'차미은이 내가 남편이라고 했다고 그랬으려나?'

'그러면 점주가 얼마나 황당했을까.'

'만약 그랬으면 왜 별말 없지?'

'아니지. 남편이라고 했다고 해도 뭘 말하겠어?'

'중학교 동창을 만났는데 편의점 아르바이트하는 것이 창피해서 점주가 남편이라고 했나보다 이렇게 이해해 주면서 모르는 척해주는 건가?'

'손님이 갑자기 많이 와서 차미은이 아무 말도 못 하고 나갔다는 것이 정답이었으면 좋겠다.'

'하지만 나에게 그런 행운이 찾아왔을 리는 없고.'

'휴…. 차미은 저년이 이상한 말 하다 갔겠지.'

'앞으로 점주 얼굴을 어떻게 보냐. 더 불편하겠네….'

'씨….'

" **어**떡하지！"

얼마 전 고장 난 핸드폰 수리를 맡기고 찾으러 가는 길
이다. 집에서 나올 때 괜찮았는데 핸드폰 찾아서 버스 타
고부터 느낌이 이상하다. 날짜를 따져보니 시작할 시기다.
편의점 말고는 가는 곳이 없어 최근 가방을 가지고 다닌
적이 없다. 생리가 있는 날은 작은 파우치에 생리대 몇
개 챙겨서 아르바이트 갈 때 가지고 다니다가 오랜만에
가방을 들고나왔다. 그리고 가방에 생리대는 챙겨오지 않
았다.

수야는 버스에서 다음 정차역이 종합병원이라는 방송에
바로 내렸다.

'어휴. 하필 오늘이냐.'

'몇 년 만에 처음 시내에 나왔는데 뭐 이런 우연이 다
있냐.'

'아니지. 원래 난 재수가 없으니 우연이 아니라 필연이
겠지.'

병원 1층 편의점에서 생리대를 샀다. 1층 화장실로 들
어가 보니 줄이 길다. 뭔가 몸 안에서 밖으로 줄줄 빠지
는 느낌이 들었다. 큰일이다. 급하게 엘리베이터를 탔다.
2층은 진료실이고 3층은 수술실이라 4층을 눌렀다.

4층은 암 병동과 고혈압 병동이 있다. 화장실에 가보니

다행히 널널하다. 줄도 없다. 바로 들어가서 일을 처리했다.

음식 냄새가 난다.

'11시 30분인데 벌써 밥이 나오네.'

분주한 로비 말고 한산한 4층에서 마음을 가다듬고 핸드폰도 체크해 볼 생각으로 병동 앞에 놓인 긴 의자에 앉았다. 핸드폰 자판이 말썽이었는데 잘 눌러진다. 이제 유튜브를 편하게 볼 수 있다.

'다행이다.'

'어!'

고개를 들어보니 문이 활짝 열린 병실 안쪽에 익숙한 얼굴이 있다.

'현재랑 같이 아르바이트하는 형 아닌가? 스킨천국 다니는 그 형 같은데.'

"맞네. 그 형이네. 아빠가 암이랬지. 이 병원에 있었구나."

'토요일인데 택배 아르바이트 안 갔네. 이제 아르바이트 안 하나?'

아는 척할 정도로 친하지는 않으니 그냥 다시 고개를 숙이고 다시 핸드폰을 살펴봤다.

어제 못 본 유튜브 영상 몇 개 보고 이제 갈려고 일어나려는데 수야는 깜짝 놀랐다.

'어?'

'왜 저래?'

이중수는 받은 식판의 음식 뚜껑들을 열고 식사에 침을 뱉고 있다.

'뭐야. 왜 자기 아빠 밥에 침을 뱉고 있는 거야?'

심장이 버스에서 생리 터졌을 때 보다 더 빨리 뛰고 있는 수야와 달리 이중수는 아무 일도 없었다는 듯 태연하다.

'그래….'

'지겨웠겠지.'

'어릴 때부터 병수발에 병원비에. 예상보다 훨씬 질긴 목숨, 지겨울 수는 있어. 이해는 간다.'

'하지만 그걸로 얻은 것도 많잖아. 그냥 흙수저였으면 대학교 전액 장학금으로 들어갔겠어? 취업했겠어? 아픈 아버지 덕에 포장돼서 얻은 거잖아.'

수야는 이중수의 이중적인 면이 소름 돋는다. 이중수의 말이라면 신봉하고 그를 대단하게 생각하는 어린 현재가 안쓰럽다.

'세상은 편해영 같은 운 좋은 금수저가 아니면 이중수 같이 처신하는 게 유리하지.'

'흙수저의 애절한 애환을 이용해서 금수저한테 딱해 보이면 금수저는 아량을 베풀고 그 베푼 아량을 통해 한 단계 올라가는 거야. 금수저는 사회에 아량을 베풀었다는 뿌듯함과 덕망을 얻는 거고.'

'운이 금수저한테 몰빵해 있어서 흙수저는 가식적인 기회주의자만 살아남을 수 있어. 세상이 원래 그런 거야.

원래.'

'더러운 세상!'

'세상을 살아가려면 운이 좋거나 아니면 가면 쓰는 것에 유리해야 해. 이도 저도 아닌 나 같은 게 병신이지. 병신.'

버스를 타고 가는데 앞 의자에 붙은 스티커가 눈에 띈다.

'주 예수를 믿어라. 그리하면 너와 네 가족이 구원을 얻으리라.'

'교회도 여유 있는 사람들 오기를 바라는 거야. 잘 되길 바라는 가족이 있는 여유 있는 사람들.'

수야는 찌뿌둥한 몸과 정신을 일으켜 찜찜한 상태로 나왔다. 버스에서 내려 절인 김장 김치처럼 걸어가는데 앞에 가던 여자가 갑자기 멈추더니 소리를 질렀다.

"악!"

그리고 뒤를 획 돌아 수야를 보면서 물었다.

"봤어요?"

"네? 뭘요?"

"유에프오요!"

수야는 여자의 비명에 놀라 유에프오고 뭐고 정신이 반쯤 나갔다 들어왔다.

"뭐요?"

"저쪽으로 유에프오가 지나갔어요."

"……"

잘 차려입고 멀쩡해 보이던 그녀는 전형적인 '젊은 여

106

자' 같았다. 즉 아주 멀쩡해 보였다. 하지만 대낮에 유에
프오 봤다고 소리치는 거 보면 멀쩡해 보이기만 한 것 같
다.

수야는 유에프오 본 것 보다 밖에서 저 정도로 크게 소
리칠 수 있다는 것이 더 놀라웠다.

순간 대부분 멀쩡해 보이는 사람들도, 알고 보면 제정
신은 그리 많지 않을 수 있다는 생각이 스쳤다. 아니면
저게 세상을 제대로 살아가는 방법일 수도 있다. 미쳐가
는 세상에선 가끔 정신을 놓아야 정상인가 싶다.

사실 유에프오는 못 봤지만 수야도 오늘 아침부터 기분
이 뒤숭숭하긴 했다. 생리가 시작해서 그런 거 아니면 이
중수의 이중적인 면을 봐서 그런가 하고 생각해 봤지만
그런 느낌이 아닌, 뭔가가 일어날 것 같은 뒤숭숭함이었
다.
그래서 아침에 나가면서 무슨 차 사고라도 나려나 기대했
지만 멀쩡했다.

'내일 뭔가 일어날 것 같다.'
'세상이 망하든 흥하든 나야 상관없지만.'
'아니지. 둘 중 하나 고르라면 망하는 게 낫지.'

3.   외계인의 출현

" **외**계인이다！"

"이게 뭔 일이냐!"

그 순간, 전 세계 사람들이 동시에 유음 혹은 무음으로 소리를 질렀다. 그러고 나서 누구는 기절하고 누구는 울부짖었다. 또 어떤 사람들은 환호하기도 했다.

지구 전체가 발칵 뒤집히는 일이 벌어졌다. 지구인과 비교도 되지 않는 능력을 갖춘 다른 행성의 외계인이, 모든 지구인이 느낄 수 있는 텔레파시를 보냈다. 모호한 느낌이 아니라 정확하게 의미를 전달해서 아무도 의심할 수 없는 그런 텔레파시였다.

그 텔레파시의 내용은 이랬다.

202X 연 1월 1일 0시, 인지능력이 있는 모든 지구인 중 한 명에게 지구의 종말이 오는 시기를 정하게 할 것이다. 그 시기가 오면 지구와 지구인들은 우주에서 모두 사라질 것이다.

모든 지구인이 동시에 받은 이 텔레파시는 종교인들이 신에게 받는 계시와도 달랐고, 무속인이나 특별한 육감이 발달한 사람들이 받는 오묘한 느낌과도 완전히 달랐다. 이들도 모두 이러한 느낌은 처음이었다. 그 누구도 의심할 수 없는 명확한 전달이다.

지구밖에 다른 생명체들이 존재하며, 그들은 지구인들에 비한다면 신과 같은 능력을 가졌다는 사실은 지구인들을 겸손하게 만들었다. 지구인들은 외계인이 정해놓은 결정에 감히 대항할 생각을 하지 못했다. 정확하고 강력한 텔레파시 안에는 구체적 내용뿐만 아니라, 인간이 느낄 수 있는 외계인의 실체에 대한 무엇인가가 존재했기 때문이다.

겸손해진 인간들은 '인간적인' 행동들을 하기 시작했다. 형형색색의 세계지도가 유치하게 느껴진다. 우리는 각자의 국가가 아니라 '지구인'이라는 공동체 의식이 생겼고, 외계인에 비하면 지구인 모두는 잘났고 못났고의 구분이 무의미했다. 외계인이 공평하게 지구인 모두에게 기회를 주고, 이 중 단 한 명을 뽑는다고 하니 명예나 부를 이용할 수도 없다. 외계인들에게 지구인들이 으쓱해 하는 명예나 부가 얼마나 하찮을까 생각하면 지금껏 매달려 온 것이 무엇인가 싶기도 했다.

"백 일 뒤잖아. 넉 달도 채 안 남았어."

"만약 외계인이 지목한 사람이 이십 년이라고 말하면 내가 아파트 대출금 다 갚을 때쯤 지구가 종말 하는 거네."

"저녁마다 폐지 주우러 오는 그 아저씨가 그 사람이 될 수도 있어."

"만약 내일이라고 말하면 아무리 권력자들과 부자들이 매달려도 내일 모두 죽는 거야."

"권력자나 부자들이라고 뭐 대수야? 그래봤자 지구상에 있는 유한한 것들을 나눠 가진 건데."

그래도 '무엇이든 열심히'로 진화된 지구인들은 결정의 날이 오기 전의 제한된 기한 동안 할 일을 만들었다. 소소한 일과 심각한 일을 구분해서 걱정하며 준비하던 지구인들에게 와닿지 않게 닥친 '너무 큰 일'에 대해 딱히 방도는 없다. 하지만 그럼에도 불구하고 지구인들은 뭐든 해보려 했다.

유엔은 모든 나라들에 우울증을 앓고 있는 사람들의 치료를 독려했다. 전 세계가 이들을 치료하는데 총력을 다했고, 선진국들은 경제적으로 힘든 나의 사람들을 위해 자금을 퍼부었다. 이전과는 비교도 할 수 없는 물자들이 끊임없이 들어갔다.

이러한 기부는 지구상에 있는 것들로 배고픔이나 추위, 더위와 같은 생명 유지를 위한 기본적인 인간의 요구를 충족시켜 주기는 어려운 일이 아니었음을 보여줬다. 부자들의 기부도 넘쳐났다. 가진 것이 넘쳐나서 나누는 것은 당연하다고 인식하기 시작했다. 이들은 미래를 위한 막대한 부의 축적은 의미가 없을 수도 있다는 사실을 깨달았다.

"여보, 저 아래 동내에 나이 든 노인이 혼자 살지? 내일 한 번 가보자."

"엄마, 오늘 학교에서 일진들이 어떤 아이를 괴롭혀서 전교생들이 나서서 지켜줬어요."

사회적 지위나 경제적 혹은 행복감에서 여유가 있던 사람들이 앞장서서 주변을 쳐다보기 시작했다. 자신이 가진 이 모든 게 유지되는 방법이 자신의 능력이 아니라 주변 사람들에게 달려있다는 사실을 인식했다. 자신이 가진 것을 베풀며 부지런히 주변을 돌보는 것이 할 수 있는, 아니 해야만 하는 최우선의 일이었다.

불행을 느끼던 사람들은 당당하게 주변에 도움을 요청했다. 우울하다고 느끼거나 노력으로도 기본적인 욕구를 충족시키지 못한 경우 부끄럽거나 위축되지 않고, 자기 행복을 위해 노력하는 것이 주변 사람들 모두를 위한 일이라고 느끼게 됐다.

그리고 이들이, "이제 행복해졌다."라고 말했을 때, 주변 사람들은 잘됐다고 그리고 "고맙다."고 말하곤 했다.

겨울에 춥거나 여름에 더워서 또는 음식이 없어 배고픈 경우처럼, 조금만 관심을 가지면 보이는 힘들어하는 모습을 놓쳐 주변 사람들이 힘든 상황을 유지하도록 놔두는 것은 죄악처럼 느껴지게 됐다. 그래서 주변의 불행한 사람들을 돌보지 못한 사람들은 지탄을 받았다.

"너는 여유가 있었는데 왜 그들을 못 봤냐. 그들이 불행해서 앞으로의 너와 너의 가족을 포함한 인류의 미래가 암울해지면 어쩌냐."

국가는 방송국에 웃을 수 있는 프로그램을 권장했고, 극장의 영화 관람은 저소득층에게는 무료로 지원됐다. 전문가들은 더불어 행복할 수 있는 방법들을 강구했고, 불행을 느끼는 사람들이 있다면 당당하게 드러내어 치료나 도움을 요청하라고 끊임없이 알렸다.

지구상에서 국지적으로 일어나던 내전도 자체 휴전 중이며, 테러리스트들도 잠잠해졌다. 악명 높은 테러리스트 단체들도 모두가 한순간에 파괴될 수 있다는 생각엔 주춤했다. 그들의 만행 또한 자신들의 만족을 위한 것이었지, 전체가 먼지로 바뀌는 것은 그들의 바람이 아니었다.

과학자들은 지구가 더 안전할 수 있게 되는 기회가 주어진 것이라고 했다.

"그 기간 동안 대단한 능력의 외계인들이 지구를 안전하게 만들어 줄 것입니다."

단 외계인이 정한 그 지구인이 무한에 가까운 기간을

말했을 경우이다.

각 국가의 정상과 전문가들은 지구의 미래를 위해 끊임없이 회의했다. 자국의 번영이 아닌 공동체로서의 지구의 안위를 위한 비밀스러운 회의였다. 매스컴에서 기분을 상할 만한 뉴스 보도는 자제하기로 했으며, 외계인이 물었을 때 선택된 지구인이 넉넉한 기간을 말하는 것이 당연하도록 하는 은밀한 세뇌 교육이 시행되도록 했다.

심각한 자살 충동을 느끼는 사람들이 결정 기간이 얼마 남지 않는 동안 발견된다면 인지능력이 없도록 뇌를 수술하는 것도 고려됐다. 그래서 결정 기간이 다가오자, 자살 충동을 비롯한 우울증이 심각한 사람들을 찾는 노력이 은밀히 시행됐다.

보통의 사람들은 각국의 정상들이나 전문가들처럼 바쁘지는 않았다. 사실 그들의 이러한 노력이나 변화도, 선택에 따라 혹시나 내년에 필 꽃도 못 보게 하는 것 아닌가 하는 걱정에서 시행된 것은 아니었다. 이 대단한 사건을 계기로 정치인이나 사업가 의료계 혹은 유명인 등등 그들의 입지를 다지거나 반전을 꾀하는 기회로 삼으려는 시도에서였다.

이 많은 지구인을 백일이란 짧은 기간에 모두 신경 쓰는 것은 불가능하다. 불안한 지구인들을 위해 지도자들이 뭔가를 하고 있구나를 보여주는 것이 더 큰 목적이다. 어떤 상황이든 기회로 만들려는 능력은 지도자 계층의 특징이었다. 암울한 미래가 올지언정 자신의 현재 위치를 탄

탄하게 하는 것에 몰입했다.

결과적으로 공동체 의식을 강조하면서 치안이 좋아졌고 세금 상승에 대한 불만도 거의 없었다. 전과 달리 봉사와 같은 '착한' 주제에 열 올리는 정치인의 모습이 많이 보이면서 정치인에 대한 이미지가 바뀌었다.

그동안 침체하였던 문화계도 외계인의 텔레파시와 관련된 도서나 영화, 등 새로운 아이템을 활용하는 데 적극적이다. 이러한 사회 전반의 분위기가 사람들에게 영향을 끼쳤다. 자극이 지속되면 무뎌지는데 이 원리는 이번에도 적용됐다.

외계인의 텔레파시를 받은 초반은 심각한 걱정의 분위기였지만, 한 달 정도 지나자 곧 생활에 익숙해졌다.

"뭐 어쩌겠어."

시간이 지나면서 인터넷에는 자신이라면 오조 오억 년을 말할 것이라고 하거나, 혹은, "지금 당장 자살하려고 하는 사람이 선택된다면 우리는 모두 좆 된 거"라는 가벼운 글들로 가득 찼다. 새로운 이벤트가 생겼다는 활력과, 혹시나 하는 심각한 걱정이 공유했다.

" **삐**삐삐 "

   핸드폰 알람이 짜증을 낸다. 수야는 알람보다 더 한 짜증을 느끼며 일어나 앉았다.

   "아이. 씨⋯."

   기분 같아선 뭔가 더러운 말을 뱉고 싶은데 뱉을 곳이 없다. 욕할 대상이라도 있었으면 좋겠다.

   "이놈의 세상은 언제 망하나."

   항상 그렇듯 버릇처럼 되뇌었다. 그러다 갑자기 기분 좋은 생각이 들었다.

   "그래, 얼마 못 가서 세상이 종말 할 수도 있잖아."

   상상만으로도 기분이 나아졌다. 수야는 요즘 희망이 생겼다. '세상이 일찍 망할 수도 있다는 희망'.

   '세상에 설마 나만 불행하겠어? 자살도 하고 그러잖아. 그런 사람들이 선택되면 세상이 바로 종말 할 수도 있어.'

   '죽어야지 노래를 부르면서도 정작 저승사자 나타나면 저리 가라고 소리치는 노인네나, 죽고 싶다고 입버릇처럼 말하는 젊은 사람들도 진짜 죽을 상황이 오면 발버둥 치며 살려고 한다면서 실제 죽고 싶은 사람은 없다고 하지만 그건 그냥 살고 싶은 사람들끼리 이야기지. 진짜 죽고 싶은 사람은 죽고 싶다는 타령 들을 사람도 없어.'

'난 믿어!'

'세상엔 진짜로 당장 내일 죽고 싶은 사람들이 꽤 있다는 것을.'

'아직 희망이 존재해.'

'희망을 놓지 말자.'

수야는 믿음이 현실이 될 수 있도록, 불신이 들어오지 않게 믿음의 끈을 단단히 조였다.

수야 뿐만 아니라 외계인에 관한 생각과 이야기는 일상이 됐다.

" **외**계인 말이야, "

택배 아르바이트를 마치고 집으로 가면서 중수는 현재에게 말했다.

"그 정도의 능력이 있으면 지구 운명 이런 거 말고 선택된 지구인에게 소원이나 하나 들어주지. 그런 걸 물어보면 와 닿지 않아. 개인적인 것을 들어줘야지."

"개인에게 단체에 관한 결정을 물어보면 뭐가 맞는 선택인가 헷갈리고 또 책임감도 느낄 거 아냐. 아무튼 선택된다고 해도 별로 달갑지도 않아."

"텔레파시로 연결되니깐 나는 선택되면 지구 운명 말고 내 소원이나 하나 들어줘라. 이렇게 물어봐야지."

"그럼, 형은 뭐 바랄 거 에요?"

"외계인 너와 같은 능력을 줘라. 이렇게."

"너무 오만하나. 하하"

"형, 근데 진짜 얼마 안 남았어요."

"그러게. 이제 며칠 후면 선택의 날이다."

"오. 떨려요."

"뭐가 떨려?"

"만약 선택된 사람이 한 달이라고 말했으면 어떡해요?"

"어떡하긴. 한 달 뒤에 다 죽는 거지. 뭐."

"형은 안 떨려요?"

"지구상에 모든 사람이 죽고 나 한 명 사는 게 더 떨리겠다. 공동 운명체가 원래 더 편해."

"그러긴 해요."

"진짜 지구 전체의 운명이 결정되는 것인데도 예상보다 사람들이 전과 별다른 게 없어요."

"뭐 딱히 할 수 있는 게 없잖아."

"그리고 사실 현실적으로 와 닿게 무서울 것도 없고. 만약 며칠 후에 커다란 운석이 지구에 아주 가깝게 다가온다거나 또는 빙하기가 시작된다거나 이러면 체감되는 공포가 있겠지."

"빙하기가 시작되면 당장 물과 음식, 연료 이런 게 부족하니 사람들이 미친 듯이 사재기하겠네요. 닥쳐올 공포에 벌벌 떨고 그 이후의 삶도 피폐해지고."

"광기와 공포의 세상이 되겠지."

"으…. 생각만 해도 끔찍하네요."

"현재야. 너 같으면 확실히 죽지는 않지만 언제까지일지 기간도 모른 채 죽을 만큼 아플레 아니면 죽던 가 살던 가 둘 중 하나 버튼 누르는 것을 할래?"

"어…. 두 번째요."

"그렇지.

"형도 그렇죠?"

"아니 난 첫 번째야. 내가 부양해야 할 가족이 있어서 50퍼센트의 확률에 의지할 수가 없어."

"그런데 이번엔 외계인이 두 번째라고 선택까지 해줬잖

아. 지구인들이 평소처럼 덤덤한 건 당연한 거지."

지하철이 들어오는 소리가 들린다.

"야. 지하철 오나 보다. 다음 주에 보자."

"네. 형 안녕히 가세요."

현재는 지하철을 타고 가면서 중수의 이야기를 떠올렸다.

"내가 외계인의 선택을 받게 된다면 텔레파시가 왔을 때, 시간을 일 년 전으로 되돌려 달라고 부탁해야겠다."

'그날 부모님이 차를 타고 지방으로 내려가는 일이 없게끔 어떻게든 할 거야.'

'외계인의 힘이라면 가능할 거다. 인간이 상상하는 모든 건 다 가능할 테니 타임머신 같은 건 아주 쉽겠지.'

현재는 자기 전 기도했다.

"제발 제가 선택되게 해주세요."

" **내**일이다 ！ "

전 세계가 들썩인다. 그날이 드디어 내일로 다가왔기 때문이다. 몇 달 전부터 카운트다운을 하던 그날이 바로 당장 내일이다. 지구상의 모든 사람은 걱정과 설렘으로 들떠 제자리에 제대로 앉거나 가만히 서 있을 수도 없다.

"내일이 지구의 시한부 기간이 발표되는 날이다."
"너라면 몇 년 뒤를 지구 종말이라고 결정할 거야?"
"백억 년"
"너는?"
"나는 그냥 오십억 년"

다들 잠에 들 수가 없다. 백 일 전에 잠이 들던, 들지 않던 모두가 텔레파시를 받았던 것을 생각하면 잠이 들어도 상관은 없지만 지구인들은 들떠서 잠을 잘 수가 없다. 한 달 전부터는 누구나 둥둥 떠다니는 기분이다.

수야도 기분이 들떴다. 자신도 외계인의 선택을 받을 지구인 중 한 명이기 때문이다. 자신이 포함된 이벤트가, 태어난 날을 제외하고 처음으로 생겼다. 자신은 매번 제외되고 그들끼리 무리 지어 놀아 몰랐는데 포함된다는 것은 이런 느낌이구나 싶다.

수야는 신이 났다. 며칠 전부터 설레서 잠도 오지 않았다. 근래 일주일 동안 잔 시간을 합쳐도 열 손가락으로 가능할 것 같다. 흥분으로 잠이 오지 않아 잠을 잤다기보다, 육체의 피로로 인해 자신도 모르게 순간 기절한 것처럼 잠깐 정신을 잃었다가 깨는 것이 반복되는 요즘이다.

그리고 당장 몇 시간 뒤로 그때가 올 생각을 하니 심장의 크기나 뛰는 방식이 바꿨다. 비트가 바뀌었고 크기가 커져서 내부의 다른 장기들을 눌러버리는 것 같다. 위와 장을 눌러 먹지 않아도 배가 고프지 않고, 방광을 눌러 화장실을 자꾸 가는 것 같다.

수야는 막 기분이 좋다가도,

'내가 왜 이러지. 왜 이렇게 오바를 떨어.'

수야는 피자를 사 오면 집의 아이들뿐만 아니라 강아지까지 왈왈거리며 아이들 뒤를 따라 방방 뛰는 광고가 떠올랐다.

'설마 나겠어? 정신 차려.'

'아니지. 나일 수도 있잖아. 확률은 똑같아. 내가 선택될 수도 있지 뭐.'

들뜬 마음을 사람들과 왁자지껄하게 이야기하면서 풀 수 없는 수야의 마음은 혼자 올라갔다 내려갔다는 반복했다.

평소에도 연말과 연초의 북적이는 기운은 일 년 중 가장 높은데 이번에는 또 다른 이벤트까지 겹쳐서 최고조의 에너지다. 사람들은 평소의 신정연휴 기간을 어떻게 보냈는지 기억이 가물가물하다.

평범한 설날처럼 보내기에는 그 설렘이 너무 크다. 처음 접하는 흥분과 걱정의 에너지가 한곳에서 폭발할 수 있다는 염려로, 당일 다수가 모이는 군중의 모임은 금지됐다.

그동안 공휴일이나 연휴에도 수야는 휴가 없이 편의점에서 일을 했었다. 하지만 이번에는 1월 1일에 편의점 문을 닫는다. 수야가 들뜨는 이유 중의 일을 가지 않은 것도 한몫한다.

항상 그랬던 것처럼 집에는 내려가지 않을 것이기 때문에 특별한 계획은 없고 집에서 편의점 음식을 가지고 와서 마지막 날과 처음의 날을 원룸에서 혼자 보낼 것이지만, 당첨과 상관없이 지구 전체에 전에 없던 이벤트에 참여한다는 사실만으로도 설렌다.

수야는 자신이 세상의 파티를 함께 즐기는 것이 용납되지 않은 사람이라고 생각했다. 펼쳐놓은 편의점 음식은 작년과 비슷하겠지만 이번엔 그 파티에 참석한다.

이 세상은 자신을 무시하고 짓밟지만, 세상 밖 외계인은 자신을 포함해 줬다. 세상을 짓밟을 수 있는 이 세상 밖의 존재가 있다는 것이 신이 나고 고맙다.

또한 전에 없던 희망의 느낌을 가슴 속에서 느끼고 있다. 세상이 빨리 망할 수 있다는 희망이다,

불행에 허덕이며 살고 있는 사람이 선택될 수 있다. 모든 것을 다 앗아간다면 적게 가진 자가 덜 잃는다.

만족도 행복도 미래의 계획도 가지고 있지 않은 수야는

자신이 거의 잃은 것이 없는 승리자가 될 것이라고 자신했다.

게다가 수야는 '가능성'이란 것까지 느끼고 있다. 이 느낌이 좋다. 이게 사람들이 살아가는 데 힘이 되는 에너지 원천임을 느낀다.

정해지지 않았기 때문에 확률과 상관없이 가능성은 존재하고 희망이 생겨난다. 로또도 당첨 숫자가 결정되지 않았기 때문에 높은 판매를 올릴 수 있다. 만약 보안을 철저히 해 놓았어도 미리 숫자를 정해놓았다면 사람들은 지금처럼 로또를 사지 않을 것이다. 이미 숫자를 정해놓고 딱 그 숫자 여섯 개를 정확하게 맞춰야 한다고 하면, "에이, 그걸 어떻게 딱 맞춰. 뭐 신이야?" 하면서 불가능성에 초점을 맞추게 된다.

가능성의 전제조건은 '이미'가 아닌 '아직'이다. 아직 외계인이 선택하지 않았다는 사실이 모두를 들뜨게 한다.

사람들은 잠을 잘 수가 없다. 수야는 딱히 뭐를 해야 할지 모른 채 몸이 둥둥 떠다니는 것 같다.

흥분 상태다. 왜 이렇게 흥분되는지 본인도 의아하다. 매스컴이나 사람들이 하도 야단법석을 치니 그 분위기에 취해 들뜨고 몽롱한지, 혹은 다른 이유인지 모르겠다.

최근 잠을 제대로 못 자 정신이 없는 수야는 씻고 나서 인터넷을 훑어보고 바나나 우유를 한 통 먹은 후, 잠시 기절처럼 잠이 들었다.

" 떨려 ! "

지구인들의 신경계에서 긴장할 때 나오는 호르몬의 양을 모두 합치면 지구가 생성된 이래 지금이 최고일 것이다.

과일을 깎다 손이 베이거나 혹은 선반의 물건을 꺼내다 떨어뜨려 머리에 맞는 것이 일상이 됐다. 사람들은 평소에 아무렇지도 않게 하던 것들을 긴장해서 제대로 할 수 없게 되자 다들 가만히 있다.

아무리 심호흡해도 심장이 제어되지 않는다. 심장이 자신의 것이 아닌 것 같다. 누군가 펌프질을 계속 해서 주먹만 한 심장이 입 밖으로 튀어나올 것 같다.

이제 카운트다운이 시작됐다.
" 10, 9 8, 7 . . . 0 "

"......"

사람들은 순간 당황했다.

뭔가 특별해야 하는데 딱히 특별한 것은 모르겠다. 다들 어깨에 매달려 있던 커다란 수소 풍선이 '피시식'하고 바람이 빠지는 것 같다.

사람들은 내심 선택되는 사람이 자신일 수도 있다고 생각했었다. 모두 세상을 살아가는 '그자'가 자신이기 때문이다. 외계인이 단 한 명을 선택한다면 나일 수도 있다는 생각은 어떤 지구인이든 스쳐 지나가게라도 한 번씩은 했다.

하지만 새해의 카운트다운과 크게 다르지 않았다. 선택된 단 한 명이 어딘가에 존재하고 그가 기간을 말했다는 사실이 존재하지만 달라진 것도 없다.

사람들의 판단은, '세상의 주인공은 나야.'라며 자신일 수도 있다는 추상적인 감성적 접근에서 이내 이성적으로 바뀌었다.

"수학적으로 생각해 봤을 때 한 달에 여러 번 있는 로또 당첨도 평생 거의 일어나지 않는데 전체 지구인 중 단 한 명을 선택한다는 것에 당첨된다는 것은 체감상 무(無)에 수렴한다고 봐야지."

사람들은 '뻘쭘'해진 기분을 신년 맞이로 돌렸다. 새해의 기운을 북돋는 행사는 늘 있었다.

"뭐 내가 당첨될 것 같아서 그랬겠어? 그냥 늘 그랬듯이 새해는 북적거리고 붕붕 뜨고 그런 거지."

"그렇지. 원래 연말, 연초 행사가 젤 크잖아."

"우리가 들뜨고 그런 건 원래 그랬던 거야."

하지만 내심 불편한 느낌도 있다.

"만약 삶에 의지가 없는 사람이 선택됐다면?"

"이번 달이 남은 생의 마지막 시간일 수도 있다."

" 헉! ˮ

자다가 벌떡 깼다. 눈은 동공을 키울 때 쓰는 안과 약인 산동제를 넣은 그것처럼 확장되어 있다. 심장과 머리가 터질 것 같다. 한참을 앉아 있다가 숨을 크게 쉬기 위해 일어났다.

'그게….'

'그 사람이 나라니….'

'나야….'

'나라고!'

백 일 전에 외계인에게 받은 텔레파시와 비슷했다. 하지만 이번엔 외계인과의 소통이 있었다. 전에 없이 또렷하고 맑은 정신이다. 한참을 서 있었다.

꿈은 아니었다. 외계인과의 텔레파시는 깨어있을 때보다 훨씬 더 명확하게 깨어있는 상태였다. 오랜만에 심장이 기분 좋게 뛴다. 설렌다. 자신이 살아있는 것을 느꼈다.

'그 사람이…. 바로….'

'하수야! 나야 나!'

수야는 아직도 어안이 벙벙하다. 특별한 경험을 하고 나니 자신이 삶이 빠르게 되돌아졌다. 과거의 자신이 안

쓰럽고 지금의 자신이 너무너무 대단하다.

발에 치일까 봐 이리저리 눈치 보며 비껴가는, 지구의 찌끄레기의 찌끄레기 같은 존재인 줄 알았는데 전 지구인을 대표하는 인물이었다. 바로 자신이 말이다. 가슴이 터질 듯한 희열로 꽉 채워졌다. '산다는 재미'란 말이 웃기려고 만든 말이 아니라는 것을 알았다.

'세상 사람들아! 나는 너희가 감정 쓰레기통으로 사용하는 만만한 존재가 아니라, 너희 모두의 인생 끝을 결정지어 줄 전 인류의 대표다.'

뿌듯함, 자신감, 희열, 만족 등 들어는 봤지만 못 느꼈던 감정들을 순간순간 마구 느끼고 있다.

모든 방송사에는 자신이 외계인의 선택을 받은 사람이라는 제보가 물밀듯이 들어왔다. 세계의 뉴스는 난리가 났다.

뉴스진행자들은 평소보다 두 배는 빠르게 말했지만, 모든 기사를 전달하기에는 느려 보였다. 정치권, 종교계 등 각종 단체는 자각을 촉구하며 일상으로 돌아가기를 부탁했다.

중국의 사형선고를 받은 한 범죄자는, "내가 한 달이라고 말했다! 너네도 나랑 같이 죽는 거야."

어떤 환경운동가는, "지구가 너무 지쳐 외계인을 보낸 것이다. 그리고 나를 선택했다. 지구는 다시 시작할 시점이다. 정화하기에는 너무 늦었다. 이 아름다운 푸른 생명체는 모든 것을 훌훌 털고 처음부터 다시 시작하게 해야 한다. 10년 동안 지구를 누리고 모두 떠나자. 인제 그만 놓아주자."

오래전부터 외계인과 텔레파시를 해 왔다던 사람은, "거봐. 내 말이 맞지. 외계인이 있다고 내가 예전부터 말했잖아. 외계인은 처음부터 나랑 텔레파시 하고 있었어. 외계인의 선택도 당연히 나지. 누구겠어. 몇 년 말했냐고? 알려고 하지 마. 기간은 안 중요해. 내일이라고 하면 어쩔 거고 수십억 년 뒤라고 하면 뭐 어쩔 건데. 기간이 중요해? 우리는 모두 원래 죽어."

각종 SNS에도 자신들이, 혹은 자신들의 지인이 선택받은 '그 사람'이라며 난리가 났다.

"제가 아는 친구의 누나 옆집에 사는 사람 친척이 그 선택받은 사람인데, 백 년 말했데요."

"친척이 미국에 사는데 샌프란시스코에 사는 멕시코 사

람이 선택받은 사람이래요. 천년 말했다는데요."

인터넷만 보면 선택받은 사람을 모르는 사람이 더 적어 보였다. 확실히 선택받은 사람이 존재하고 기간을 말했는 데 '그 사람'이 누구인지 알 수가 없다.

사람들은 자신과 가족, 그리고 가문의 운명을 결정한 그 사람이 누구인지 궁금했다. 정확히 말하면 사람들이 알고 싶어 하는 것은 그 사람이 아니라 그 기간이다.

수야는 자신이 선택되었다는 사실을 말하고 싶어서 가 슴이 터질 것 같다. 말하지 않으면 미칠 것 같아 핸드폰 을 열어 주소록을 훑어봤다. 하지만 말할 사람이 없다. 인터넷에서 익명의 다수에게라도 말하고 싶지만 이미 가 짜들이 판을 쳐놔서 진짜인 자신이 들어갈 틈이 없다. 수 야는 이 말도 안 되게 대단한 사실을 말할 사람이나 장소 가 없다는 것이 갑갑해 미치겠지만 어쩔 도리가 없다.

수야에게 외계인이 지구의 생존 기한을 물었을 때 수야 의 뇌는 이렇게 텔레파시를 보냈다.

" 일 년 ! "

수야는 일 년을 말한 자신의 뇌가 기특하고 뿌듯하다.
"봄, 여름, 가을, 겨울을 한 번씩 더 경험해 보고 깔끔하
게 끝낸다. 완벽한 기간이다. 몸이 심각하게 아픈 것은
아니니 육체적으로 참을 고통은 없어 일 년은 버틸 수 있
어.

그래도 태어났으니, 아름다운 꽃과 울창한 숲과 세상을
덮은 새하얀 눈을 한 번이라도 여유롭게 구경하다 가고
싶다. 더 살고 싶은 세상 사람들은 나를 치 떨리게 원망
하며 이기적이라고 거품 물 수도 있어. 하지만 세상이 나
에게 뭘 해줬는데!"

수야는 사람들의 반응을 지켜봤다. 신이 났다. 자신이
지구상에 있는 모든 사람 중 단 한 명이다. 게다가 자신
을 포함한 모두가 공평하게 일 년 뒤 완벽하고 깔끔하게
삶을 마감할 수 있게 됐다. 멈추는 방법을 몰라 지겹게
'또깍 또깍 또깍' 거리던 메트로놈도 정해진 시간에 저절
로 멈춰진다.

몇 년 동안 다달이 내던 월세도 이제 열두 번만 더 내면 된다. 동네 나이 든 바보 언니처럼 보이겠지, 생각하며 불편했던 중, 고등학생들의 시선도 더 이상 신경 쓸 필요 없다. 늙고 아플 때 병원에 누구와 가고 또 병원비는 어떻게 하지에 대한 걱정도 의미 없다.

자신을 괴롭힌 사람들, 아니 세상을 벌 줄 수 있다는 사실에 가장 신이 난다. 자신을 함부로 대한 세상에 복수했다는 사실에, 그동안의 아물지 않은 상처 위에 계속 상처가 나서 고름과 살이 헤집어져 딱딱하게 굳은 마른 땅 같은 각질이 무중력상태처럼 공중 위로 자연스럽게 떨어져 나간다.

수야는 일 년 뒤에는 확실하게 모든 게 다 끝난다는 축복이 주어지자, 그 안의 기간이 선물처럼 느껴졌다.

'삶을 당장 지금이나 혹은 내일 끝내고 싶은 경우는, 아직 열리지 않은 삶에 먹먹하고 깜깜한 무지의 장막이 드리워져 있기 때문이다. 하지만 언제 끝날지 모르는 삶의 끝이 드러났다. 이제는 러닝 타임의 초까지 적혀있는 유튜브 영상처럼 끝나는 시간을 안다. 그래서 '살아봤자 어차피'란 심정으로 내일 죽을 필요도 없다. 게다가 그렇게 지루했던 삶이지만 당장 내일 끝난다고 생각하면 아쉬울 수도 있는데, 마지막으로 사계절을 한 번씩 더 경험해보고 끝을 낼 수 있게 일 년이나 주어진 것이다.'

'완벽해!'

'먹방 유튜버들이 먹었던 그 음식들도 먹어봐야지. 비행기를 한 번도 못 타봤는데 제주도나 가볼까 아니 외국에 한번 나가봐야겠다.'

수야는 계획을 세우기 위해 종이와 펜을 찾았다. 생애 처음 세워보는 계획이다. 벌써 신이 나고 들뜬다. 사람들이 여행이나 휴가 등등 계획 세우면서 들뜬다는 말이 무엇인지 알겠다. 그들은 그동안 정말 '살아있는 것처럼 살았구나' 생각하니, 같은 사람이지만 그들과 자신이 얼마나 달랐는지 느껴졌다.

'바로 아르바이트를 그만둘까?'

'아니야. 그럼 일 년 동안 빚 갚을 거랑 생활할 돈이 없어.'

'아, 원룸 보증금 오백만 원을 빼면 되겠다.'

수야는 스마트폰을 열어 계산기를 두드렸다.

'......'

'오백만 원을 12로 나누면 대충 41만 6천 원. 한 달에 82만 원씩 빠지는 보증 빚 반밖에 안 되네.'

'그래!'

'빌리면 되겠다.'

'어차피 일 년 뒤에 다 끝인데, 안 갚아도 되잖아!'

수야는 너무 신나서 입에서 자신도 처음 듣는 소리가 새어 나왔다.

'은행에서 대출 신청을 해야겠다. 대출 신청하면 돈이 바로 나오나? 나 같은 사람도 은행이 해줄까?'

'은행에서 못 빌리면 케이블 텔레비전 중간광고에서 나오는, 핸드폰만 있으면 대출된다는 그런 거로 신청해 볼까. 빌리고 나서 안 갚아도 되니 빌리기만 하면 되는데.'

'그렇지 안 갚아도 된다. 최대로 빌려야겠다. 여행 가서 좋은 호텔에 묵어봐야지. 호텔 뷔페로 아침을 먹고 점심 때 호텔 수영장에서 수영하고.'

'우와! 신난다. 너무 좋다.'

수야는 두 손으로 쿠션감이 사라진 낡은 베개를 팡팡 쳤다.

'SNS도 만들까? 고급 호텔 수영장에서 수영복 입고 선글라스 끼고 한 손에 음료수 든 사진을 올리는 거야. 오늘부터 몸매도 가꿔야겠다.'

갑자기 하루하루가 소중하다.

서너 시간쯤 계획을 짜보고 겨울의 신선한 아침 공기를 마시고 싶어 일찍 밖으로 나왔다. 오늘 편의점이 문을 열지 않기 때문에 아르바이트를 갈 필요가 없지만, '그때'부터 잠을 들 수가 없다.

잠은 안 잤지만 몸과 마음은 가볍다. 평소에 몸이 찌뿌둥했던 것이 잠을 덜 자서가 아니라 많이 자서 그랬나 싶다. 이른 시간인데 의외로 사람들이 많다.

사람들도 잠을 제대로 못 잤을 것이다. 다들 스마트폰으로 인터넷과 텔레비전을 켜 놓고 들여다보고 있다.

"흐읍!"

수야는 숨을 깊이 들어 마셨다. 찬 공기가 폐 깊은 곳까지 들어왔다 나간다.

걷고 또 걸었다. 그날 하루 내내 멈출 수 없었던 수야는 계속 그렇게 걸었다. 멈추면 죽는 병에 걸린 사람처럼 밥도 먹지 않고 화장실도 가지 않고 걷다 보니 어스름해져 온다.

수야는 이날이 자기 삶의 시작으로 느껴진다.

일 년이라는 진짜 삶의 시작!

집에 와서 몸의 세포들이 지쳐 아침에 개지 않고 나간 이불 위로 육신이 내동댕이쳐졌고 그 이후 몇 시간 뒤, 다음 날 새벽의 해가 밝아오는 낌새와 함께 일어났다.

대단한 하루가 지나갔다. 배는 고프지 않았지만 먹어야 할 것 같아 컵라면을 끓였다. 일주일 굶은 사람처럼 라면을 마셨다.

1월 2일, 수야는 어제가 어떻게 지나갔는지 모르겠다. 어제의 매 순간은 영겁처럼 느껴졌는데 지나고 보니 찰나처럼 지나갔다.

수야는 오늘 아르바이트한다. 편의점이 어제 하루만 쉬고 오늘 오전부터 문을 연다. 수야는 자신이 편의점 아르바이트를 간다는 생각에 기가 찬다.

'내가 편의점 아르바이트를 한다고?'

'지구인 전체의 생명을 결정하는 단 한 명의 인물인 하수야가 편의점 아르바이트하러 간다고?'

"하하하하"

수야는 너무 기가 차고 웃겨 소리 내어 웃었다. 이렇게 웃는 것은 태어나서 처음인 것 같다. 어렸을 적 있었을 수도 있지만 수야가 기억하는 한에서는 오늘이 처음이다.

수야는 자신이 원하지 않으면 가지 않아도 된다고 생각하지만 딱히 할 것도 없고 해서 가기로 했다.

" **어**서 와요. "

점주가 편의점 문을 열고 들어가는 수야를 보고 인사를 건넨다.

'피부에 원래 트러블이 있었나?'
'주근깨가 있네.'
'키가 저 정도였나. 더 큰 줄 알았는데.'

자세히 얼굴을 쳐다본 적이 없어서 그랬나. 오늘은 뭔가 선명하다. 오늘 본 점주의 모습은, 어릴 적 언니가 안경을 처음 맞추고 와서 사람들 얼굴을 보면서 신기해하고 떠들던 것이 생각났다.

"네."

이제 몇 번 봐서 그런 건지 아니면 심경의 변화 때문인지 점주를 보면 느껴지는 불편함이 사라졌다.

"오늘은 일찍 왔네."

"지각한 적 없는데."

"아니, 그냥 오늘 일찍 왔다고."

'조사하나 차이가 느낌이 얼마나 다른데, 부리는 위치가 되면 원래 말을 저렇게 밉게 하게 되나!' 속으로 생각하고 넘겼다.

"별것도 아니지?"

"네?"

"외계인 텔레파시. 난 뭐 천지개벽할 줄 알았는데 그냥 평소와 다른 것도 없어. 로또 당첨되기도 힘든데 설마 지구인 중 한 명이 우리겠어? 누군가 선택돼서 결정했겠지. 뭐 그리고 결정했으면 뭐 어쩔 거야. 왜 그렇게 야단법석을 떨었던지. 참."

"대단한 일. 맞지 않아요?"

점주는 지나가는 말로 던졌지만 수야는 대꾸했다.

"응?"

점주는 수야를 쳐다봤다.

"그 누군가가 기간을 짧게 말했을 수도 있잖아요. 아주 짧게. 그러면 사장님과 가족들도 곧 죽는다는 건데."

점주는 매번 그렇듯이 '가족'이란 단어가 나오자, 미세한 차이지만 목소리가 커졌다.

"뭐? 에이 설마…."

"어떻게 확신하세요?"

평소와 달리 수야는 대꾸했다.

"아무리 아파서 죽어가는 사람도 가족이랑 주변 사람들이 다 죽는데 짧게 말했겠어?"

"가족이 없으면요? 개인적으로 소중하거나 중요한 사람도 없고."

"그리고 자살하고 싶은 사람들도 많잖아요."

"자살은 혼자만 죽는 거고. 그리고 자살할 거면 뭣 하러 외계인의 힘까지 빌려. 그냥 죽지."

"자살하게 만드는 이 세상이 싫을 수도 있죠."

"아. 왜 이렇게 비관적이야?"

"아니, 그럴 수도 있잖아요."

"걱정하지 마. 우린 그냥 일이나 하고 평소처럼 살면 돼. 달라진 건 없어. 저 안쪽에 청소나 좀 해줘요."

"네."

수야는 더 이상 길게 말하고 싶지 않았다.

몇 달 동안 시끌벅적하던 것도 '끝!'이라고 하니 며칠 만에 끝났다. 이 부산스러움은 연말과 연초의 기운 탓으로 돌리고 '평소와 다름없음'으로 돌아갔다.

다시 현실의 시작이다. 사람들은 '시작해!'라고 할 때 여럿에 붙어 같이 하는 것이 좋다는 것을 안다. 끝이 났는데 현실로 돌아오지 않는다면 갈 데가 없기 때문이다.

11시 이전에 일어난 적이 없던 수야는 아침 7시에 저절로 눈이 떠졌다. 원룸이 좁고 갑갑하게 느껴져 물 한 잔을 마신 후, 핸드폰을 손에 들고 밖으로 나왔다.

수야는 길의 벤치에 앉아 그렇게 한참 동안 사람들을 쳐다봤다. 대단한 일이 벌어질 것이라고 기대하던 사람들의 허망함이 현실로 채워진다.

사람들에게서 축제가 끝난 허무함 같은 게 느껴진다. 수야에게 축제는 이제 시작이다.

햇살이 점점 따뜻해졌다. 태양 빛이 만들어 주는 것인지 아니면 아르바이트하러 가기에 한참 남은 시간 때문인지 꽉 찬 여유가 느껴진다.

수야는 일어나서 커피값이 비싸서 한 번도 안 가 봤던 카페에 커피를 마시러 들어갔다. 어려 보이고 예쁜 카페 아르바이트생이 자신에게 인사를 한다. 수야는 그가 고마웠다.

커피를 마시고 요즘 새로 출시돼 유튜브에서 줄기차게 광고하는 햄버거 세트를 사서 집에 들어갔다.

집에 와 보니 펴놓고 간 이불이 눈에 띈다. 평소에는 어차피 저녁에 또 펼 거라 신경 쓰지 않았는데 오늘은 개고 싶다. 이불을 개고 방을 대충 정리하고 스마트폰으로 음악을 틀고 사서 온 햄버거를 먹었다.

조금 쉬었다가 샤워했다. 거울을 보고 머리를 빗으며 생각했다. '머리 잘라야겠다.'

수야는 아르바이트 갈 준비를 했다.

너무 많은 '그 사람'이 나타나자 사람들은 이제 누구도 믿을 수 없게 됐다. 언제가 지구의 종말인지, 즉 자신들의 끝인지 알 수 없어 처음에는 불안해했지만 이내 곧 적응해 갔다.

"어차피 지금도 언제 죽을지 모르면서 사는 것 아니냐?"

"내일모레라고 하면 믿을 거야? 그리고 실제 내일모레 다 죽으면 어쩔 건데. 아니면 알고 보니 내일모레가 아니면 뭐 어쩌라고."

사람들은 정해진 미래를 알지 못한다는 사실에 불안했지만 이내 다시 일상으로 돌아갔다. 석학들도 정부의 요청으로 사람들의 불안을 잠재우는 데 노력했다.

'삶은 확실함의 반대말입니다.', '확실하게 아는 것이 꼭 필요한 것은 아닙니다.'라는 특강들이 연일 이어졌다.

이제 지구가 언제 종말이 올 것인지에 관한 관심은 거의 사라졌다. 전처럼 부동산시장이나 주식시장에 관심을 가지고 연예인 이야기를 한다.

여전히 과학자들이 여러 가지 분석을 하고 예술가들이 작품 주제로 지구의 종말을 잡고, 또한 자주 TV에 얼굴을 비추던 예언자들이 이제는 예능 프로그램의 단골 패널로 자리 잡았지만, 이전과 특별하게 달라진 것은 없는 듯하다.

지구 밖에 대단한 생명체가 존재한다는 것은 종교계를 불편하게 만들었지만 그들도 그럭저럭 적응해 가고 있다. 예언자나 점쟁이들이 지구의 운명을 점치는 것이 유행처럼 되고 노스트라다무스가 다시 회자됐지만, 이러한 무수한 이야깃거리는 사람들에게 불안에 대한 피로감을 주면서 불안감이 익숙해지고 지겨워져 역으로 불안감에서 벗어나는 데 도움을 줬다.

사람들의 불안이 잠잠해진 것은, '오늘이 지구의 마지막 날이니 실컷 먹어라.'라는 식의 음식 카피들이 유행하면서 느껴졌다.

사람들은 자신들끼리 기간에 대한 확신을 가지기 시작했다.

"솔직히 죽고 싶은 사람이 그 기간을 정했다면 내일이나 모레라고 말했겠지. 뭐 하러 며칠 더 살고 싶겠어? 몇 달 지난 거 보면 오랜 기간 말한 거야. 확실해."

"그 기간을 알면 뭐 할 거야. 모르는데 할 수 없지. 인간의 특성과 확률을 따져보자면 길게 말했을 것이 분명해."

지구가 아주 넉넉한 기간 동안 지속될 수 있을 것이란 확신했다.

외계인과 소통한 그 사람이 정한 기한이 오십억 년 이란 루머가 인터넷에 돌았다. 사람들은 이것을 기정사실처럼 믿었다.

수야는 앞으로 일 년밖에 남지 않은 삶을 마치 죽음과 상관없을 것처럼 사는 사람들을 보니, 인간이 받은 본성 중 살아가는 데 가장 효과적인 것이 이것이구나 생각했다.

원하는 것에는 '혹시, 설마!' 그리고 원하지 않는 것에는 '에이, 설마~'란 막연한 믿음 말이다.

수야는 어린아이들을 보면 연민이나 미안함 같은 것이 들었지만, 이내 살아감이 저주 같은 수많은 인류에게 행한 은혜를 헤아리면 감수해야 하는 순수한 희생이라 느꼈다.

'기쁨을 참는 것이 불행함을 버티는 것보다 쉬울 것이니.'

이런저런 생각들을 하다 문득 떠올랐다.

'왜 나지?'

'로또 당첨처럼 지구의 사람들을 공처럼 돌려보다 스톱했는데 걸린 게 나였나.'

'아니면 나는 지구인이 아니라 외계인들 지도자의 자식인데 지구의 분위기를 알기 위해 지구에 던져놓고 갔나.'

'어, 그럼 나는 공주네.'

'오! 그래서 이 지구인들의 생활에 적응 못 했나 보다.'

'풋.'

본인이 생각해도 유치해서 피식 헛웃음이 나왔다.

요즘은 모든 것이 전보다 다 나아졌다. '나만 아는 지구의 시한부 인생'을 선고받으면서, 꼴 보기 싫지만 두렵던 세상이 만만해졌고 세상에 복수한다는 생각에 자다가도 웃음이 지어진다.

게다가 그 꼴 보기 싫은 차미은도 편의점에 더 이상 오지 않는다.

4. 그때 이야기

"**민**수야. 가자！"

"엄마. 오늘 왜 이렇게 일찍 가?"
"학원 버스 타는 곳에서 엄마가 젤리 사줄게."

차미은은 얼마 전 인터넷에서 명품 선글라스와 명품 아동복 잠바를 샀다. 차미은은 명품의 기회비용이란 자랑질로 채우지 않으면 죽을 때까지 사용하고 관에 들어갈 때 착용해도 돈의 값어치를 다 하지 못한 것이라 믿었다.

"명품 선글라스를 끼고 아이에게 명품 잠바를 입힌 후 비싼 영어학원에 보낸다. 캬. 차미은 성공했네. 성공했어."

차미은은 기분이 들떴다. SNS에 올리는 것으로는 부족하다. 하수야가 떠올랐다. 맘껏 자랑질할 수 있을 것 같다. 하지만 한 가지 걱정스러운 것이 있다.

'걔가 명품을 알아볼까?'

143

차미은은 수야에게 자랑질할 시간을 고려해서 민수 학원 갈 시간보다 한참 일찍 나왔다.

편의점으로 들어가려는데 마침 편해영이 스파클링 음료 하나를 사 들고 나온다. 편의점으로 들어가려던 차미은은 멈칫했다.

"엄마, 왜?"

민수는 앞의 사람을 보고 엄마가 멈칫한 것을 느껴 그 사람을 유심히 봤다. 그 사람도 자기 엄마와 같은 선글라스를 꼈다. 아니 자세히 보니 약간 다르다.

"엄마. 엄마 선글라스 C가 저 아줌마 선글라스 C보다 커."

민수는 자기 엄마 선글라스의 C자가 더 커서 이겼고, 또한 자기가 영어 알파벳 C를 안다는 것을 말하고 싶어 평소보다 네 배로 크게 말했다."

편해영이 그 아이의 말을 듣고 살짝 미소를 띠워줬다. 그때 마침 외근 나갔다 들어오는 스킨천국 실장이 차를 주차하고 내려 편해영 쪽으로 왔다.

"대표님. 중국 바이어한테 연락이 왔습니다."

"오후 회의에서 브리핑해 주세요."

"네."

짧은 대화를 마친 둘은 옆 건물로 함께 들어갔다.

아침부터 대기권을 뚫을 듯 치솟던 자존감이, 뭐든 없애버리는 일본 만화에 나오는 '에네르키파'처럼 강력했는데 지금은 파닥거리는 종이에 거창하게 그린 에네르기파로 바뀌었다. 게다가 그 페이지가 구겨졌다.

약간 다른 두 선글라스 중 하나는 다른 하나와 똑같아지기 위해 따라 한 것이다. 둘 중 하나를 준다면 민수 빼고는 차미은 것을 선택할 사람은 아무도 없다. 차미은도 포함해서.

'어쩐지 싸다 했다.'

'유통만 다르지 같은 공장에서 만들어서 진품과 차이가 없다고 했는데. 이 죽일 사기꾼.'

인터넷에서 진품을 찾아봤을 때도 별 차이를 느끼지 못했는데 옆에 놓고 비교하지 못해서였나보다. 실제로 보니 선글라스 태에 붙어있는 C자 크기나 위치도 달랐고, 같은 검은색이지만 재질 차이 때문에 '때깔'이 달랐다. 옆에서 민수는 차미은이 대꾸를 안 하니 엄마 선글라스가 이겼다고 계속 떠든다. 차미은은 이럴 땐 민수가 눈치라곤 없는 남편을 빼다 박은 느낌이다. 눈에 넣어도 아프지 않은 민수가 잠시 동안 눈앞에서 사라졌으면 좋겠다.

진품이랑 똑같다던 그 블로그 주인장을 고소하고 싶다. 집에 가자마자 반품하고 이 쪽팔림과 화를 조금이라도 누그러트릴 폭풍 댓글을 달 생각이다.

'지금 들어가면 아까 그 여자 선글라스랑 바로 비교되겠지?'

"편의점은 다음에 가자."

"엄마 왜? 젤리 사준다고 했잖아. 젤리! 젤리!"

민수는 편의점에 들어가자고 버틴다.

"엄마. 미워."

차미은은 민수가 떼를 쓰는 것을 겨우 끌고 버스 타는 곳으로 왔다. 학원 버스 오려면 한참이나 남았다. 차미은은 급하게 핸드폰을 꺼내 평소에 민수가 좋아하는 영상을 켰다. 민수가 겨우 잠잠해졌다. 딱히 앉을 곳도 없어 차미은은 서서 기다렸다.

숨이 고르게 되자 바로 선글라스를 벗었다. 선글라스 케이스를 가지고 오지 않아 티셔츠 목 주변에 걸었다. 환불하려면 스크래치가 나면 안 되기 때문에 가방에 넣을 수는 없다. 기다리고 있는데 뒤에 고등학생이 민수 잠바를 뚫어지게 보는 것이 느껴졌다.

'쟤는 이거 아나 보네.'

완전히 꺼졌던 에네르기파의 불씨가 약간 살아났다. 살아난 불씨에 바람을 불어넣고 싶던 차미은은 그 학생이 들을 수 있도록 민수에게 크게 말했다.

"민수야. 엘리트 영어학원 차 언제 온다고 했지?"

차미은은 버스정류장 주변에 있던 사람들에게, 민수가 원어민 선생님들도 대학교 졸업장이 있어야 취업된다는 비싼 영어학원에 다니는 것을 알렸다.

"엄마 알잖아."

민수는 핸드폰을 쳐다보며 귀찮다는 듯이 말했다.

"아. 확인하려고 그러지."

"엄마 아는데 왜 물어봐?"

차미은은 민수가 남편 성격 똑 닮았다고 다시 한번 느꼈다.

뒤에 물끄러미 보던 남학생이 '엘리트 영어학원'이란 단어에 반응했다. 아주 살짝 이지만 몸이 들썩했다. 차미은의 자존심 불씨가 점점 되살아나고 있다.

"저기…."

그 남학생이 차미은에게 말을 건다.

"네?"

"어…."

"왜요?"

차미은은 속으로 생각했다.

'이 옷 어디서 샀냐고, 아니면 얼마냐고 물어보고 싶은 건가? 사진 찍고 싶다면 찍으라고 해야지.'

"저기…."

"이 옷 입고 영어학원 가면 안 될 것 같아요."

"네?"

"잠바 뒤에 쓰여 있는 문구가 별로 안 좋아요."

"무슨 말이에요? 이거 명품 잠바에요. 미국 유명 래퍼가 입은 거랑 똑같은 건데. 모르나 보다."

"뒤에 말 무슨 뜻인지 아세요?"

"아니, 이거 그 미국에서 젤 유명하고 돈 가장 많이 번 그 래퍼랑 똑같은 옷이라니까. 명품이에요. 명품!"

옆에서 움직이지 않고 동상처럼 핸드폰을 보던 젊은 남자 둘 중 한 명이 마법에서 깬 것처럼 고개를 들어 혼잣말했다.

"원래 외국 래퍼들 가사가 좀 반항적이라."

"에미넴 노래에도 엄마 욕하는 가사 있고 그래요."

차미은은 저들이 하는 말이 무슨 뜻인지 모르겠다. 왜 이 상황에서 뜬금없이 저런 말을 하는 건지.

그 고등학생은 다시 말했다.

"뒤에 문구가 그 래퍼의 가사 같은데요. 아이 옷에 쓰여 있기에는 안 좋은 것 같아요. 그리고 영어학원 가신다고 하길래. 그리고 팔목 부분에 작게 쓰인 말도 그렇고."

야구 잠바 스타일 뒤에 대각선으로 길게 휘갈겨 쓰여 있는 영어 문장은 무슨 뜻인지 찾아보진 않았지만 분명 명품 옷과 똑같았다.

그리고 팔목 부분의 영어로 쓰인 '너의 엄마'가 뭐가 문제인지 모르겠다. 아동복에 가장 어울리는 단어 아닌가. 설마 글씨가 작아서 '마더'를 다른 글씨로 읽었나 싶다.

차미은은 저들이 잘 모르는 것 같아 다시 말했다.

"이거 명품 옷이에요. 보트멍 이라고 비싼 거예요. 그리고 이 디자인이 미국 유명 래퍼를 위해 디자인한 건데 그래서 특히 비싸고요."

옆에 있던 다른 동상이 깨어나면서 말했다.

"거기 아동복 안 나오는데."

차미은은 당황했다. 아동복이 요즘 나오기 시작했다고 대충 던져볼까 했지만 저 들이 패션 브랜드에 관해 잘 알고 있을 것 같아 섣불리 말할 수도 없다. 멋져 보이던 영어 문구인 '아임 언 오펀'이 무슨 뜻인지도 모르겠고 버스도 안 온다.

학원 버스는 안 오지만 마침 학원 쪽으로 가는 버스가 섰다. 차미은은 계속 있다가는 바보가 된 느낌이, 느낌이 아니라 실현될 것 같다.

급하게 버스를 타기 위해 민수가 열심히 보던 핸드폰을 휙 뺏어 들고 손을 끌었다.

"엄마. 아직 버스 안 왔잖아."

"저거 탈 거야."

"싫어. 나 학원 버스 탈 거야."

차미은이 민수와 실랑이를 하는 중 티셔츠 목둘레에 걸어놓은 선글라스가 바닥에 떨어졌다. 안경알 하나가 빠지고 한쪽 테가 부러졌다. 땅 바닥에 부러져 널브러져 있는 짝퉁 선글라스를 보니 며칠 전부터 명품 선글라스 하나 장만했다고 신나던 자신 모습이 필름처럼 지나간다.

옆에 사람들은 애써 안 보는 척해준다. 이게 더 창피하다. 남편에게도 화가 난다. 작년에 폭삭 망한 코인 투자만 안 했어도 진짜 명품으로 사고도 남았다. 환불도 못 한다. 환불을 못하니 컴플레인 하기도 어색해졌다.

버스 안에는 사람이 꽉 차서 앉을 때도 없다. 차미은은 민수가 보던 핸드폰을 뺏었다. 집중해서 보고 있었는데 말도 없이 갑자기 휙 빼가니, 민수는 짜증이 나서 뺏긴 핸드폰을 잡고 떼를 썼다. 인내심과 평정심이 바닥이 난 차미은은 힘 조절 능력이 상실되어 민수 등을 퍽 소리 나게 때렸다. 주변 사람들이 쳐다본다.

민수는 소리 내어 울었다. 조용히 하라고 민수 등을 아까보다 더 세게 때렸다. 서 있던 민수는 몸이 앞으로 한

발짝 밀렸다. 그러자 옆에 앉아 있던 중년의 여성은 "어!" 하며, 민수가 버스 안에서 넘어지는 줄 알고 놀랐다.

차미은은 외국 여행 갈 때 쓰면 유용하다고 해서 미리 깔아놓았던 통역 앱을 열었다. 그 앱에 민수 옷 뒤에 쓰여 있는 '아임 언 오펀'을 쳤다. 차미은은 민수가 볼륨을 최대치로 켜 놓은 것을 몰랐다. 조용한 버스 안에 크고 또박또박한 발음으로 퍼진다.

"나.는. 고.아.다."

" **중수야~** "

"네. 아버지."
"아빠 휴게실에 갔다 올게!"
"핸드폰 가져가세요."
"그랴."

중수는 아버지가 약 부작용으로 구토가 멈추지 않아 이번 주 내내 병원에서 자고 회사에 갔다.

목요일 저녁부터 괜찮아졌지만 중수는 어머니에게 이번 주말에 병원에 오지 말라고 했다. 아까도 전화로 중수 밥도 그렇고 온다는 것을 집에 환자 둘 있으면 더 힘들다고 병 나기 전에 집에서 쉬라고 했다.

중수는 이번 주는 주말 택배 아르바이트를 가지 않는다.

아버지는 이른 아침의 회진 시간 검사를 마치고 휴게실에서 환자들과 이야기하는 것을 좋아한다. 최근 나이대 비슷한 환자들이 여럿 들어와 그들과 이야기하는 것에 재미를 붙인 모양이다.

"식사 왔습니다."
중수는 보호자 침대에서 곤히 자다 식사 왔다는 소리에 벌떡 깼다.

"이중고님"

"네. 여기요."

이중수는 아버지의 식판을 받았다.

"일찍 나왔네."

식판을 쳐다보며 아버지를 기다릴까 아니면 국이 식기 전에 모시고 올까 생각하고 있는데 수간호사가 들어왔다. 돌아다니면서 환자들에게 인사를 한다.

"얼굴이 좋아지셨네요. 아. 그리고 드러운 음식 드셔야 빨리 나아요."

"좀 어떠세요? 어. 그리고 드러운 음식 드셔야 빨리 나아요."

옆에 환자들은 식사를 시작했고 수간호사는 환자마다 돌아다니면서, "드러운 음식을 드셔야 빨리 나아요."라고 말했다.

중수 쪽으로 오려다 환자가 침대에 없는 것을 보고 나갔다.

중수는 간호사가 한 말을 되뇌었다.

"드러운 음식 드셔야 빨리 나아요."

'음….'

'병원이라 미신 같은 게 많이 도나 보다.'

'맞아. 옛날부터 악귀도 더러우면 나간다고 했어. 병도 악귀 같은 거지.'

'옛날에 어린아이들이 병으로 많이 죽었을 때, 귀한 자식은 병마의 악귀가 붙지 못하도록 잠시 동안 옷도 흙 묻은 낡은 옷 입히든가 이름을 망태 같은 거로 지어서 부르

기도 했잖아.'

'아무것도 할 수 없는 환자들에게 심적으로 도움이 될 수 있겠다. 플라시보 효과인가. 그리고 뭐 진짜 그럴 수도 있잖아.'

병원에서 뭐라도 말하면 지나쳐 듣는 것 없이 무조건 열심히 따르던 중수는 이 또한 그냥 넘기지 않았다.

'밥 위에다 흙을 좀 뿌려볼까.'

'밖에 나갔다 와야겠다. 흙 좀 가져오게.'

'아유. 아니다.'

'좀 있으면 아버지 오시니깐 냅두자.'

중수는 종이에 쌓인 숟가락과 젓가락을 빼고 식사 그릇의 뚜껑을 열고 기다렸다. 아버지가 올 시간이 됐는데 오지 않는다.

식판을 물끄러미 쳐다보고 있는데 아까 수간호사의 말이 생각났다. 중수는 식판에 얼굴을 들이밀고, 입으로 '퉤 퉤' 거리며 침을 뱉는 시늉을 했다. 그리고 작은 목소리로 말했다.

"암세포야. 제발 우리 아버지에게서 떨어져라. 훠이~훠이~"

조금 더 기다리니 아버지가 병실로 들어왔다.

"아버지, 식사하세요."

"그래. 넌?"

"전 이따가 먹을게요. 지금 배가 안 고파서."

중수는 식판을 들어 아버지가 침대에 올라오기 편하게
했다. 막 식사하려는데 수간호사가 다시 들어왔다.
병동을 한 바퀴 돌고 식사하러 가기 전에 병실 안쪽을 봤
는데 아까 인사하지 못한 이중수의 아버지를 보고 들어왔
다.

"몸은 좀 어떠세요?"

"많이 좋아졌어요."

"효자 아들 두셔서 든든하시겠어요."

"저 땜에 얘가 고생을 많이 해서…. 미안하죠."

"그러니깐 빨리 쾌차하셔야 해요."

"네."

"부드~러운 음식 드셔야 빨리 나아요."

수간호사는 식사하는 환자들에게 하던 말을 중수 아버
지에게도 한 후 병실을 나갔다.

" 이야 ! "

방안에 흩어진 운명이 사료를 주어 현재에게 주던 수야의 손을 보고 현재가 말했다.

"누나도 특별한 사람인가보다."
"응?"
"뭔가 특별한 사람들은 몸의 어느 부분에 자국 같이 남겨진데요. 그게 겉으로 드러날 때도 있고 몸 안에 있어서 잘 안 보일 때도 있고."
"어…. 이거 그냥 점이야 점."
손 위의 넓게 퍼진 흐릿한 점에 호들갑 떠는 현재를 어색해하는 수야의 반응과 상관없이 계속 말을 이어갔다.
"누나 손 위의 점도 꼭 지도 같아요. 지도."
"예전에 러시아가 분단되기 전 그러니깐 이름이 소련일 때 대통령이 있었는데 그 대통령 머리에도 지도 모양으로 넓게 퍼진 점이 있었데요."
수야는 때가 낀 것 같은 왼쪽 손 위의 흐릿하고 커다란 얼룩이 창피해서 사람들 앞에서는 테이블 위로 왼쪽 손을 절대 올리지 않아 왔다. 학창 시절에도 책상 위에 무심코 올려 있던 왼쪽 손을 누군가에게 들키면, "어? 이게 왜 그래?" 하고 물어봤고 그러면 손을 스윽 내리면서 치부를 들킨 것에 부끄러워했다.

그 기억이 남아 현재가 손등의 얼룩에 집중하는 것이 쑥스럽다.

"어! 자세히 보니 우리나라 지도 같다."

현재는 여전히 수야 왼쪽 손의 얼룩을 관찰 중이다. 수야는 빨리 사료나 줍자고 했다.

사료를 다 줍고 나서 수야는 다음부터는 가위를 사용하라고 했다. 그리고 가위가 들어있는 연필꽂이 주변에 붙어있던 현승이의 편지를 보고 물어봤다.

"별명이 원숭이야?"

이름이 현승이라 현재와 친구들은 원숭으로 불렀고, 현승이는 그 이후부터 원숭이를 좋아하게 됐다. 문방구에서 원숭이 스티커가 있으면 친구들에게 이거 자기 것이니 사 달라고 했다.

현재는 생각했다.

'맞아. 현승이도 남보다 특별해.'

'뭔가 몸에 다른 부분이 있는 사람들은 특별한 거 같아.'

현승이는 유명했다. 전교생이 전부 그를 알았다. 친구도 많고 잘 따랐다. 뛰어나게 공부나 운동을 잘하는 것도 아니었고, 특별하게 센스가 있어 옆에 있어도 재미있는 친구는 아니었다. 하지만 친구들은 모두 그를 좋아했다.

처음 본 것은 초등학교 3학년 때이다. 현재네 학교로

현승이가 전학을 왔다.

"친구들에게 자기 소개해보자."

"이름은 안현승이야. 친하게 지내자."

"저기 빈자리 마련해 놨지. 저기 가서 앉자."

"네."

쉬는 시간에 현재가 화장실에 갔다 오니 반 아이들이 현승이 주변에 모여 웅성거리고 있다.

"진짜야?"

"봐봐!"

"지금은 안 되고 수업 끝나고 보여줄게."

현재는 들떠 있는 친구들에게 물었다.

"무슨 일이야?"

"전학 온 얘가 지가 한쪽 발 발가락이 여섯 개래."

"그래?"

아이들은 그 어느 때보다 수업이 끝나기를 기다렸다. 수업이 끝나자마자 현승이 주변으로 몰려들었다. 현승이는 교실에서 웅성거리면 담임 선생님이 이상하게 볼 것 같다고 운동장 쪽으로 나가자고 했다.

반짝거리는 햇빛 아래 아이들의 눈빛도 반짝거렸고 현승이는 자신만만했다. 현승이가 왕처럼 의자에 앉아 한쪽 양말을 벗었다.

"우와!"

"와!"

"대단하다."

"신기하다."

현승이는 다시 양말을 신었다. 그때 몇몇 아이들이 헐레벌떡 뛰어왔다.

"어. 나 못 봤는데."

"우리가 너무 늦었나 보다."

실망감에 풀이 죽어 있는 친구들을 보더니 현승이는 말했다.

"내가 보여줄게."

현승이는 다시 양말을 벗었다.

"우와!"

"고마워."

아이들은 뒤늦은 관객들까지 신경 써 준 현승이가 고마웠다.

다른 반에서도 현승이의 발가락에 관한 소문이 퍼졌다. 현승이의 발가락을 보기 위해 다른 반에서도 몰려들었다. 아이들의 반응은 비슷했다. 현승이가 양말을 벗자, 감탄했고 그다음엔 다른 반인 자신들에게까지 보여준 것에 대해 고마워했다.

현승이는 아무도 가지지 못한 여섯 번째 발가락을 가진 것에 대해 자랑스러워했다. 아이들도 현승이의 발가락을 대단하게 생각했다.

아이들은 여섯 번째 발가락을 자랑스러워하는 현승이의 자신감과 긍정적인 면을 대단하게 느꼈고, 그것이 여섯 번째 발가락을 경외의 눈으로 보게 만들었다.

현재는 오랜만에 현승이에게 전화를 걸었다.

"어떻게 지내나 한번 전화해 봤다.

"이 형아는 잘 지낸다. 고딩되니 힘드네. 넌?"

"나도 그래."

"학교는 어때? 중학교 동창들이 없으니깐 심심하지?"

"그니깐 네가 우리 학교로 전학 좀 와라."

"방학에 놀러 갈게."

오랜만의 통화지만 어제 통화했던 친구처럼 편안하다. 서로의 학교, 생활에 관해 이야기하니 끝이 없다.

현승이는 현재의 사정에 대해 잘 알지만 그에 대한 이야기는 현재가 말 꺼내기 전에는 물어보지 않는다. 현승이 같은 친구가 있다는 사실만으로도 든든하다. 현재는 여전히 현승이가 고맙다.

" **뭐**야 ! "

점주는 속으로 생각한 게 작지만 입 밖으로 나왔다.

수야 동창이라는 저 여자가 계산서 작성하는데 헷갈리게 자꾸 뭘 물어본다. 게다가 수야는 화장실에 가서 점주와 차미은 둘만 편의점에 있다.

"수야를 어떻게 만나신 거예요?"

"네?"

점주는 차미은 질문이 무슨 말인지 이해가 가지 않는다. 그러다, 친구니깐 점주에게 친구를 올려주기 위해 대충, '이 좋은 아르바이트생을 운도 좋게 어떻게 만나신 거예요?'로 이해했다.

"아. 뭐 제가 운이 좋았죠."

차미은은 자기 남편보다 훨씬 키가 크고 젊어 보이는 점주의 답변이 마음에 들지 않았다. 그래서 재차 물었다.

"구체적으로 어떻게 만나신 건데요?"

"처음에 언제, 어떻게 만나신 거예요?"

"그리고 나중에 시간 나실 때 밖에서 같이 한번 봐요."

" ? "

점주는 저 사람이 왜 저러나 의아했다.

그러다 잠시 생각해 보니, 편의점 점주와 아르바이트생의 만남이 궁금하다는 것은, 편의점 아르바이트 자리를 구하고 있는 것이라 생각했다. 그것도 급하게. 이럴 때는 차라리 단호하게 말해주는 것이 낫겠다 싶다. 그래서 대답했다.

"다른 데 알아보세요. 수야씨 있으니깐 저는 고려하지 마세요."

"네?"

차미은은 잠시 점주가 한국말을 잘 못할 수도 있다고 생각했다. 하지만 그러기에는 발음이 정확하다. 그래서 머리를 굴려 생각 해봤다.

점차 기분이 심하게 상하기 시작했다. 자신을 남자, 그것도 동창의 남편이라는 사람을 꼬시는 여자로 생각한 것 같다.

"저 결혼했어요!"

차미은이 점주에게 말했다.

점주는, 유부녀라 아르바이트를 구하기가 힘들기 때문에 여기서 오래 일한 아르바이트생의 동창이니 어떻게 좀 고려를 해 달라는 말로 들렸다.

"그게 뭐 중요해요?"

"유부녀다. 아니다가 중요한 게 아니고요. 게다가 요즘은 유부녀나 아가씨나 구분도 안 되는데."

"하지만 저는 안 됩니다! 다른 곳에서 알아보세요."

차미은은 자신을 남자 찾는 여자로, 그것도 유부녀인데 만날 남자를 찾는 여자로 대한 점주 때문에 기분이 몹시 나쁘고 불편하다.

161

"어머. 수야 친구인데 너무하신 것 아니에요?"

"아니, 다른 데 가서 알아보시라니까요. 저한테 그러지
말고."

"어머, 뭐야. 재수 없어."

"안 봐도 뻔하다. 하수야가 저런 사람과 어떻게 지내는
지."

차미은은 화가 나서 혼잣말처럼 지껄였다.

점주는 자신이 아르바이트생들에게 적어도 평균 이상의
점주라고 자부하고 있어서 이 말에 크게 짜증이 났다.

"당신이 봤어? 내가 어떻게 대하는지?"

"칫"

차미은은 눈동자가 거의 흰색으로 보일 정도로 흘겨보
며 나갔다.

"왜 저래?"

점주도 화가 나서 나가는 차미은이 들을 수 있도록 크
게 말했다.

"위잉"

씩씩거리고 있는데 점주의 핸드폰 진동이 울린다. 점주
부인이다.

"어. 아직 못 봤어. 진짜? 벌써 천명이야? 어제저녁에
820명이었는데."

"사흘밖에 안 됐는데, 와! 빠르다. 이 속도면 바로 채울
수 있겠어."

점주는 장애아들을 위한 기초 의무교육 과정 설립과 관련된 내용의 청원을 올렸었다. 점주의 아들은 작년에 자폐아 판정을 받았다.

아이가 집중 못 하고 이상한 소리를 내고 자꾸 서랍을 열어 계단처럼 만들고는 위로 기어 올라가려고 한다. 다른 아이들도 하는 장난이라고는 하지만 그의 아들은 장난처럼 하지 않았다. 옆에서 부모 둘 중 한 명은 지켜봐야 했다.

점주와 부인은 도매시장에서 옷을 떼다 팔던 쇼핑몰 규모를 줄였다. 그리고 편의점을 인수하였다. 새벽과 오전에는 부인이, 그리고 오후에는 점주가 집에 있기 위해서다.

유치원은 일반 아이들과 어울리도록 했다. 대신 유치원의 다른 엄마들이 점주의 아들은 엄마가 같이 지켜본다는 조건을 걸었다.

점주와 부인은 아이가 정상인처럼 되기를 기대하지는 않지만 행복하게 살 수 있도록 가능한 일은 최선을 다해서 해보려 한다.

"**어**, 왜 이러지？"

눈이 불편하다. 뻑뻑한 정도가 아니라 뭔가 박힌 것처럼 아프다. 인공눈물을 잔뜩 넣어 봐도 나아지지 않는다. 눈도 충혈됐다. 편해영은 바로 안과로 갔다. 동네의 작은 병원이지만 의사는 안과로 가장 유명한 종합병원에서 근무하다 은퇴하고 안과를 개업했다. 꽤 인지도가 있던 의사라 믿고 갔다.

"이거 안구 위쪽으로 속눈썹이지 뭔가 박힌 거 같은데. 수술실에서 빼야 할 것 같은데…. 별거 아니에요."

"아프나요?"

"뭐 마취제 넣고 하니 괜찮아요."

수술실에서 눈을 뜨고 눈에 뭔가를 한다는 것이 무서웠지만 별거 아니라는 말과 어차피 빼야 하는 것 잠깐 참자는 마음으로 들어갔다. 간호사가 수술실에서 눈을 크게 뜨도록 기구로 고정하고 마취제를 점안한 후 의사가 도구를 가지고 왔다.

"아래 보세요."

편해영의 눈 위에서 은색의 예리한 도구로 까딱거리는 것이 훤히 보인다. 핀셋보다 예리한 것으로 눈을 집듯이 여러 번 꼬집는다. 마취제를 넣었다고 했지만 통증이 느껴진다.

"아파요."

편해영이 의사에게 말했다.

"다 끝났어요."

"깊숙하게 막혀있었네."

의사는 속눈썹보다는 두껍고 뻣뻣하다고 했다. 잘 빠지지 않아 빼는 과정에서 피가 꽤 났다. 렌즈에 이물질이 붙어 낄 때 눈 위쪽으로 올라갔고 이게 짧다 보니 눈에 박혔다고 했다. 눈을 도구로 집어 통증이 느껴졌지만 뭔가 뺐다고 하니 기분은 시원하다.

의사는 항염제를 처방해 줬다. 편해영은 집에 와서 약을 먹고 항염제를 넣었다.

그 이후 나흘 정도 지났는데 눈이 너무 아프다. 살짝만 건들어도 눈물이 줄줄 나오고 쑤시는 듯이 아팠다. 햇빛을 보면 쪼이는 듯 극심한 통증이 찾아왔다. 편해영은 바로 치료받은 병원의 의사를 찾아갔다. 의사는 진찰해 보더니 염증약을 하나 처방해 주면서 별 것 아니라고 했다.

다음날은 좀 괜찮아지는 듯했다. 그리고 이틀이 지났다. 아침에 일어났는데 편해영은 깜짝 놀랐다. 어제저녁까지 괜찮았는데 아무것도 안 보이고 깜깜하다. 완전히 안 보인다. 형체는 물론 빛도 느껴지지 않는다. 다시 병원에 찾아가니 의사가 당황하며 자신이 근무하던 종합병원 동료 의사에게 연락해 놓았다고 가보라고 했다. 검사를 하니 포도막의 황반에 심각한 염증이 생겼다고 했다.

상태가 심각해서인지 혹은 동료 의사의 실수에 동참하고 싶지 않은 건지 종합병원 의사는 편해영을 불편해했다. 심각한 상태라 결과가 좋지 않을 것이란 말만 하고 진찰을 꺼렸다.

편해영의 집에서는 의료사고로 고소해야 하는 것 아니냐며 펄펄 뛰었지만 의료사고로 인한 고소 과정에서 편해영이 더 힘들어질 것 같았다. 또한 편해영의 상태를 진찰했던 종합병원의 동료의사가 발병 원인에 대해 태도를 바꿔 염증의 원인을 의료기기 오염으로 인한 것이 확실하지 않다며 여러 가지 원인이 있을 수도 있다고 얼버무리며 편해영측을 만나려 하지 않았다.

별것 아닌 치료를 받다 포도막에 심각한 염증이 생겼다. 게다가 병원으로 바로 가서 환자가 극심한 통증을 호소했지만 이를 인식하지 못하고 돌려보낸 의사는 책임을 회피했다.

편해영과 가족들은 병원을 옮겨 다른 종합병원에서 치료받았다. 상태가 심각해서 수술을 여러 번 받았지만 돌이킬 수 없었다. 게다가 스테로이드를 복용하고 극심한 스트레스 때문에 다른 쪽 눈의 안압이 올라가서 시신경이 손상되기 시작했다.

편해영은 한쪽 눈은 완전히 실명했고 다른 쪽 눈은 심한 안구 건조증과 녹내장이 생겼다. 눈에 좋다는 약이나 식품은 닥치는 대로 먹었다. 하지만 상태는 점점 더 심각해졌다.

편해영은 여러 번의 수술과 스트레스로 다니던 회사를 그만뒀다. 석 달 정도 집에만 있다 이러다 폐인처럼 되겠다고 생각한 편해영은 뭔가를 해보기로 결심한다.

그러다 생각해 낸 것이 비누다. 원래 편해영은 피부미용에 관심이 많았다. 편해영의 하얗고 좋은 피부는 가지고 태어난 것도 있지만 관리가 한몫했다. 천연비누를 만들어 사용했었는데 친구들이 시중에서 파는 것보다 훨씬 좋다며 팔아보라고 했지만 칭찬으로 듣고 신경 쓰지 않았는데 상황이 바뀌니 친구들이 해줬던 말들이 크게 다가왔다.

시장조사를 해보니 이미 많은 천연비누가 사방에 널려 있었다. 하지만 크게 돈을 벌기보다 폐인이 되지 않기 위한 몸부림에서, 다른 곳으로 몸과 정신의 관심을 돌리기 위한 것이어서 신경 쓰지 않았다.

편해영은 자신이 평소 만들어 썼던 비누에 다양한 것을 섞어보았다. 벌꿀이나 노니, 다양한 천연 기름 등 이것저것 사용했다. 특히 디자인을 전공한 편해영은 포장을 콘셉트에 충실하도록 했다.

천연의 특성을 살려 비누 모양이나 포장에도 비닐 사용을 자제하고 투명 테이프도 사용하지 않았다. 포장 종이도 사용량을 줄여 최소한을 사용했다. 편해영의 포장을 본 편해영의 엄마는 전쟁 직후 드라마에서 보리빵 싸주는 것과 비슷하다고 했지만 편해영은 천연비누의 콘셉트를 명확하게 하는 게 더 나을 것으로 생각했다.

인터넷에 비누 사진을 찍어 올렸지만 이미 천연비누 시장에 제품이 넘치고 홍보가 되지 않아 판매는 미미했다. 그래도 도를 닦는 심정으로 집중했다.

주변 지인들이 구매했고 지인들의 소개로 차츰 판매가 소소하게 늘어났다. 그러던 중 매스컴에서 누에가 탈모에 좋다는 기사가 크게 나왔고 그러면서 누에 비누를 팔던 편해영의 비누 판매가 급증했다.

혼자 비누를 만들어 팔던 편해영은 급히 사람을 고용해서 물밀듯이 들어오는 수요를 밤을 새워 가며 제때 보냈다. 매출이 늘어나자 여러 인터넷 판매업체에서 연락이 와서 빠르고 넓게 유통망을 확보했다.

현재 편해영의 한쪽 눈은 빛도 전혀 인식 못 하는 완전한 실명 상태고, 다른 쪽 눈의 시신경도 80퍼센트가 상실된 상태다. 이를 가족 이외에는 모른다.

편해영의 회사 사람들은 편해영이 눈 수술을 여러 번 한 것을 알아 눈 상태가 좋지 못하다는 것 정도로만 안다.

스킨천국은 작년에 복지단체를 통해 생활이 어려운 시각장애인들의 정보를 얻어 그들에게 기부금을 전달했다.

오늘도 염증약과 인공눈물을 달고 산다. 편해영은 생각했다.

'내가 죽는 날까지 세상을 볼 수 있었으면.'

" **사**과만 올려야 해! "

현재 엄마는 아까부터 대답을 들으려고 했던 말을 반복
해서 한다. 현재는 이제 짜증이 난다.

"뭐야. 엄마 나이가 몇인데 제사상 이야기를 해."

"아니. 미리 말해놔야지. 그럼 죽기 전날 말하냐."

"그리고 뭐든 조기교육 받은 애들이 잘해."

"아. 몰라."

현재 엄마는 아빠와 나이 차이가 꽤 난다. 아빠보다 일
곱 살 어린 현재 엄마는 어린 나이에 시집와서 오자마자
여러 번의 제사를 지내야 했다.

타인에 대한 이해가 부족한 큰엄마는 모든 게 처음인
어린 현재 엄마에게 아무것도 가르쳐 주지 않고 빨리 저
절로 잘하는 것이 당연하다는 듯, 익숙하지 않은 현재 엄
마가 익숙하지 않다는 듯이 대했다.

일 년 동안 경험해 본 후 이듬해 제사는 훨씬 수월했
다. 현재 엄마는 지금까지의 많은 제사를 지내면서 가장
힘들었던 것이 결혼한 첫해에 지낸 제사였다.

결혼하면서 모든 게 바꿨다. 어색하고 새롭고 이상한 상황이다. 애인에서 남편으로 바뀐 그 사람도 다르게 느껴지는 새색시에게, 사람들이 잔뜩 모인 후, "자. 이제 제사를 익숙하게 지내봐."라는 것은, 직접 접하지는 못했고 백과사전에서만 보던 아프리카 부족의 말을 통역해 보라는 것과 비슷했다.

"엄마 처음 제사 지낼 때 힘들어 죽을 뻔했어. 방법을 모르니깐."

"나중에 생각해 보니깐 제사 지내는 일 자체가 힘든 것도 있지만, 무엇 보다 엄마의 기존 일상이 다 깨지고 어리벙벙해 있는데 거기다 제사까지 알아서 지내라는 거지."

"덧셈도 모르는데 적분 풀라는 거네."

옆에서 아빠가 거든다.

"엄마 살아있을 때 먹고 싶은 거 실컷 먹을 거니깐 죽어서는 사과만 먹으련다. 죽어서 바리바리 상에 올려놓아 봤자 귀신 돼서 이승 음식 먹는데 뭐 얼마나 맛나겠냐."

"엄마는 그때, 내가 나중에 아들을 나면 내 새끼 색시는 제사 지내면서 영혼탈출하게 안해야겠다 다짐했다. 그래서 이 집에 시집 잘 왔다 생각하게. 그리고 현재 너도 알다시피 엄만 사과 젤 좋아하잖아."

옆에서 TV를 보고 있던 현재 아빠도 거든다.

"나도 사과가 젤 맛있더라. 많이 먹어도 안 질려. 아빠가 작년 냉방병으로 입원했을 때도 아침마다 사과 먹었잖

아. 다른 환자들보다 몸이 빨리 좋아진 게 사과가 이유야. 아빠한테 사과가 약인가 봐."

"아빠 어렸을 때 젤 부러운 얘가 과수원집 아들이었어. 걔네 아부지가 멀쩡한 것은 팔아야 해서 바닥에 떨어지거나 한쪽이 썩은 사과만 준다고 불평하던 것도 잘난 척처럼 보여서 얄미웠는데."

"아빠 제사상에도 사과만 올려."

엄마가 다시 말한다.

"알았지, 현재야. 약속해."

현재는 확 짜증을 냈다.

"몰라. 남들 하는 대로 할 거야. 부모 제사 지내는데 상에다 떡하니 사과만 올려놓고 지내봐. 욕은 내가 먹을걸."

현재가 짜증을 내니 아빠가 웃으면서 말한다.

"뭐 남 신경 쓰냐."

"음…."

"그럼 첫 제사만이라도 꼭 그렇게 해."

엄마가 한발 물러섰다.

"허구한 날 지낼 제사인데 첫 번째 제사 좀 간단하면 어떠냐."

"현재야. 아빠랑 엄마 첫 제사상에 사과만 올려야 해."

"칫"

현재가 대답을 회피하자 현재 엄마는 다시 묻는다.

"알았지?"

"아휴…. 알았어."

"이쁜 내 새끼. 아빠 안 닮아서 엄마 말 잘 듣네."

현재 엄마가 현재 엉덩이를 토닥거렸다.

"아! 왜 이래."

5.   선택, 그 이후

" **에**이~ "

"이거 먼지야. 먼지."

유에프오, 즉 미확인 비행물체는 우주에서 온 비행선일 것으로 생각하던 사람들이 없어졌다. 사진에서 저 먼 하늘에 조그마한 점이 찍히면 이것은 외계인의 비행선일 거야라고 하던 사람들까지도 태도를 달리했다.

"사진 찍을 때 렌즈에 뭐가 묻었던 거 같은데."

"이런 건 공기 중에 먼지 같은 것이 찍힐 때 나오는 현상이야."

"맞아."

"나도 사진 찍을 때 이런 적 있어. 이거 별거 아니야."

"절대 아니야. 그냥 먼지야, 먼지."

입으로는 아니라고 했지만, 머리에는 '설마'하는 걱정도 함께 일어났다. 혹시 지구를 끝내기 위해 우주선을 타고 온 것이 아닐까 했다. 그래서 '절대' 아니어야 했다.

허상일 때는 아무것도 아니었지만 실체가 드러난 이상 힘을 가지기 때문에 두려움이 일어났다. 불편함을 굳이 만들 필요는 없었다. 그래서 사람들은 미확인물체는 말 그대로 미확인물체일 뿐이지 이것을 외계인의 비행선으로 단정 짓던 유희는 없어졌다.

외계인에게 텔레파시를 받았지만 모두가 받았기 때문에 특별한 것도 아니다. 배고픈 느낌이나 졸린 느낌 이런 것을 정확히 말할 수는 없지만 알 수 있는 것처럼 그냥 모두 아는 느낌일 뿐이다. 나중에 남들보다 훨씬 장수했을 때 새로 태어난 인간들에게 텔레파시 받은 느낌을 설명해 줄 수 있는 얼마 없는 산증인이 되었을 때나 의미가 있지 지금은 화장실 가고 싶은 것을 참았다가 갔다 온 그 느낌처럼 그냥 '그 느낌'이라고만 말해도 알 수 있는 익숙함이다.

이런 새로운 불편함과 익숙함이 생긴 것 이외에 달라진 것은 별로 없어 보인다.

사람은 한계가 있는데 '놀람'에도 적용된다. "외계인이 나타나서 세계인들에게 텔레파시를 보냈다."라는 것도 마찬가지다. 처음에나 처음 접하는 새로움에 놀라지, 그 이후에는 생활의 일부가 된다. 이것이 적응의 능력인지 또는 놀람에 정도가 있는 한계성인지 알 수 없지만 삶의 지속성에는 꽤 편리하다.

자신이 선택받았다고 주장하는 사람들은 여전히 많다. 그중 사람들의 관심을 받기 위해 자신이 아닌 것을 알지만 거짓으로 주장하는 사람들이 있는가 하면, 어떤 사람들은 자신들이 실제 외계인의 선택을 받았다고 믿는 사람들이 있다.

유튜브에서, '내가 바로 그 사람입니다.'라는 콘텐츠로 운영하기 위해 주장하는 사람들도, 구독자들이 그가 선택받았다는 확신에서 그 채널을 구독하는 것은 아니다. 재밌는 말솜씨와 영상들을 구경하는 것뿐이다.

하지만 전문가들의 조사 결과, 자신이 그 사람이라고 생각하는 사람들이 꽤 있었다. 자신이 정말 그 사람이라고 믿는 사람들은 자신까지도 속이고 있었다.

꼭 그 사람이어야 하는 내면의 요구와 그 사람이 되고 싶은 욕구가 자신을 '그 사람'이라고 믿게 했다. 이들은 상상과 현실의 구분이 모호해서 거짓말 테스트로도 나오지 않았다.

"**현**재야~ 가자~ "

"네. 형."

이번 주말의 택배 분류 아르바이트가 끝났다.

"형, 이거 오는 길에 나눠주던데 먹고 싶은 거 드세요."

현재는 교회에서 나눠준 사탕과 젤리가 잔뜩 든 봉투를 내밀었다.

"와. 별거 다 있네. 어. 이건 비싼 건데. "

중수는 뒤적거리며 말했다.

"교회들 신도 모으려고 난리도 아닐 거다. 많이 빠졌거든. 요즘은 신 믿는 사람보다 외계인 믿는 사람이 더 많은 거 같다."

"외계인은 진짜 있잖아요."

"종교에서 믿음이라는 것이 있다, 없다 이런 거랑은 좀 다른 말인데, 있다고 믿어서 있는 거라고 해야 하나. 뭐 그런 거야. 있어서 믿는다기보다."

"네? 그게 무슨 말이에요."

"대놓고 눈앞에 놓고서, '봐라, 있다.' 이렇게 믿게 한다는 거랑은 좀 다르다는 거지."

"종교가 사람들이 마음의 평안을 위해 가지잖아. 믿음이 그런 거야,"

"'당신의 말씀이 옳습니다.' 이러면서 헷갈리지 않는 선(善)도 생기고, 절대적 권력자가 내 편이라는 빽도 생기고."

"그런데 외계인이 떠억 나타난 거지. 종교의 믿음이 내부에서 생긴 거라면, 외계인의 믿음은 가만히 있었는데 외부에서 나타난, 완전한 '팩트'잖냐. 평안을 바라는 사람들에게 나약한 자신의 믿음에서 생긴 존재보다 훨씬 크다고 생각되는 건 자연스러운 거지."

"불신의 여지도 없이 절대적인 힘을 가지고 있고, '말씀'을 명확하게 전달하기도 했고, 게다가 모든 사람과 커뮤니케이션 할 수 있는 확실한 존재가 나타났어. 사람들이 텔레파시로 교류도 했으니 믿음을 가지고 계속 되뇌겠지. '나는 당신을 믿습니다. 나를 인도해 주세요.' 이렇게."

"뭐 하러 예수님, 알라신, 부처님을 믿겠냐. 기도하면 듣는다는 보장도 있는 외계인이 낫지."

"음…. 그래서 요즘 사람들이 교회 잘 안 가는 건가 봐요."

"형, 그러면 신이 뭘까요?"

"글쎄…. 뭐, 우리 집 강아지는 내가 신처럼 느껴질지 싶을 때가 있어. 먹는 것도 척척 주지, 힘도 세지. 지가 상상도 못 하는 일을 내가 하니깐. 그리고 아기 때 데려왔으니 내가 자신을 만들었다고 생각할지도 몰라."

"우리 교회 목사님이 내 말 들으면 실망하겠다. 하하"

"어? 형, 교회 다니세요?"

"응."

"몰랐어요."

"나 교회 믿어."

"네."

"아니, 믿는 게 교회라고."

"네?"

"하나님을 믿는다기보다 교회 믿는다고."

"에이. 형 그런 게 어디 있어요."

"대부분 그럴걸. 신앙심이라고 세뇌하는 거지 스스로."

"교회 믿는 게 불안한 마음을 믿음으로 승화시켜 줘."

"원래 종교가 다 그런 거 아니에요?"

"음…. 내 친구 할머니가 젊었을 때부터 교회를 열심히 다녔는데 일흔 살 넘어서 암에 걸렸어. 병원에 입원했을 때 집사님을 필두로 온 교회 사람들이 가족들보다 더 자주 와서 냉장고 채워주더래. 게다가 수술비도 내주고. 자발적으로 왔다기보다 교회에서 보낸 거지."

"교회가 크면 클수록 안정적이야. 그 믿음이 더 커져. 땅값 비싼 곳에 커다랗게 교회 짓는 거 생각해 봐라. 그 중심부에다 교회를 그렇게 크게 만들면 교회식으로 말하면 부흥이 더 잘 돼."

"'교회 믿는 사람'들한테는 믿음이 가는 거지. 교회 목사가 기사가 모는 고급 차를 타고 다니는 것을 보면, 교회에 돈이 진짜 많구나. 이 교회가 척박한 현실에서 나에게 믿음을 주구나 이런 거야."

"이사 가서 교회가 멀어졌어도 다니던 교회로 가잖아.

신앙은 어느 교회를 가든 상관없을 텐데 굳이 갔던 교회로 간다. 그 동안 교회에 해 놓은 게 있어서. 쌓인 게 아깝거든. 신앙이 쌓였다기보다 교회에 쌓인 신용이."

"그럼 그렇게 큰 교회들은 어떻게 커진 거 에요? 처음에는 개척 교회였을 거 아니에요."

"회사와 달리 교회는 콘텐츠가 똑같잖아. 사람을 모이게 해야 하는데 이게 다 사람이 해야 하는 거지. 목사역량이기도 하고 그 주변 사람들이 잘해서 그러는 것도 있어. 내가 다니는 교회는 목사 사모님이 미용 기술이 있었는데 실력이 좋았어. 동네 사람들 머리 잘라 주고 그러면서 신용도 얻고 그 안에서 말도 많이 하게 되고 친하게 돼서 사람들이 많이 모였어. 신도가 어느 정도 모이고 나면 순간 확 커져."

"그리고 교회가 커지면 그 안에 정치하려는 사람, 사업하려는 사람, 연애하려는 사람까지 모여서 포교를 안 해도 눈덩이처럼 불어나."

"특히 교회 포교와 미래를 위한 중요한 커뮤니티 중 하나가 청년부야. 내가 다니는 교회도 청년부가 잘 운영되고 커. 연애하기도 좋고, 연애해서 결혼하면 교회 측에서 보면 대대손손 안정적이고 충실한 교인이 계속 생기는 거지."

"그런 경우는 신앙심이 낮은 거 아니에요?"

"신앙심이란 게 믿음의 정도라면 낮은 건 아니지. 단 대상이 신이 아니라 교회 자체라는 게 다른 거 긴하네."

"사람마다 믿는 정도뿐만 아니라 방식이 다를 수도 있

지. 그리고 원래 종교란 것 자체가 개인적이야. 자신의 믿음이 아니라 자신이 들어가 있어. 그래서 종교 관련해서는 사람들은 이성적이지 않고 맹목적이다. 자신을 지지해 주는 신념이 들어가 있거든. 무너지면 자신이 무너지는 거로 생각하지."

"그래서 신앙이 있는 사람들에게 종교 관련한 것은 비판에 대해 불편한 것은 물론이고 작은 변화에도 민감해."

"비판하지 않는 습성 때문에 성경에 기록된 것이다 그러면 오랫동안 그냥 사용되는데, 어…. 너 그 말 들어봤지. 부자가 천당에 가는 것보다 낙타가 바늘귀로 들어가기가 쉽다고."

"네. 들어봤어요."

"성경이 다른 지역 언어로 번역돼 전파되는 과정에서 오역된 거야. 아랍어로 낙타랑 밧줄은 단어가 비슷해. 원래는 '밧줄로 바늘귀를 꿰는'이거든. 밧줄은 문장에 맞아. 저 문구에서 누가 봐도 낙타는 굉장히 어색해. 그런데 이게 성경 구절이라는 이유로 오랜 기간 비판 없이 인용됐어."

"뭐 종교뿐만이 아니라 정치인 지지하거나 연예인 좋아할 때 신념을 넣는 경우가 있는데, 이럴 때 정치인이나 연예인을 비판하는 것을 자신을 공격하는 것으로 인식하겠지."

"지금 세상이 그런 것 같아. 회의감이나 우울감 때문에 어디든 자신을 갈아 넣어야 자신의 존재도 안정돼."

"근데 형, 나는 교회는 안 다니는데 하나님 믿어요. 항상 자기 전에 기도 하고. 기도하면 마음이 편해지고 저도 단단해지고 그런 것 같아요. 저는 이게 종교 힘인 거 같은데."

"솔직히 나는 신앙이라는 것 자체는 잘 모르겠어. 신앙을 의심한다기보다 진짜 몰라."

"내 생각엔, 모든 기운이 나를 도와주는 때가 있고 그렇지 않은 때가 있어. 내 기운과 자연의 흐름이 잘 맞을 때와 맞지 않을 때라고 해야 하나. 아무튼 이 세상의 기운이라는 것이 있는데, 이 기운이 함부로 할 수 없게 하는 것이 종교 같아."

"외부의 기운이 좋으면 그것에 힘을 가할 수도 있고, 나쁘면 이겨내게끔 도와주는 것. 이게 믿음이고 이런 자기 내부의 힘을 단단하게 해주는 게 종교 아닐까. 그래서 종교의 신은 결국 자신인 거 같고."

"아. 모르겠다. 그냥 형은 척박한 이 세상에 나약한 존재로서 발악하는 중이다."

"음. 저도 그래요. 믿을 때가 없고 힘든지 보니 자꾸 기도하게 돼요. 그러면 진짜 신이 있는 것 같은 느낌이 들어요. 그 신이 하나님이든 예수님이든 부처님이든 알라신이든 뭔지는 모르겠지만 아니, 알고 보니 지역만 다르고 다 같은 '님' 일 수도 있겠다 싶은데. 아무튼 이 님에게 기도하다 보면 믿음도 강해져요. 기댈 곳이 아무것도 없었는데 믿을 구석이 생긴다고 해야 하나 그것도 아주 강한 믿을 구석. 그래서 힘을 얻어요."

"그렇지. 이 세상 살아가려면 뭐든 정신을 정착시켜야

해.”

　“깜짝 놀랄 때, ‘엄마야’, ‘오 마이 갓’ 뭔가 찾잖아. 뭐
라도 찾아야지.”

　“현재야. 우리 저기서 떡볶이 먹고 가자. 형이 살게.”

　“네. 와. 나 배고팠는데.”

" **수**고하세요 ! "

편해영이 스파클링 음료수와 따뜻한 꿀차를 사서 나갔다. 이제 수야는 편해영을 봐도 예전처럼 불편하지 않다. 부럽지도 않다.

'다 끝나면 잃을 것이 거의 없는 자가 승자다. 마지막 승자는 편해영이 아니라 나다.'

'게다가 그냥 평범한 지구인 중 한 명인 편해영과 지구인 전체를 대표하는 인물인 나는 비교가 안 된다. 나와 비교하니 편해영은 너무 평범하다. 사실 아등바등하며 사는 모습부터가 하찮다.'

끝나지 않는 이야기처럼 무서운 것도 없다. 이제 정확히 언제 끝날지 알기 때문에 지겨울 것도 무서운 것도 없다. 그전에는 미친 듯이 가기 싫던 편의점 아르바이트였는데 이제 얼마 안 남았다고 생각하니 참을 만하다. 아니 아무것도 안 하는 것보다 낫다고까지 느껴진다.

아르바이트를 그만둘까, 하다 특별한 계획이 없다 보니 그냥저냥 나오게 된다. 게다가 그만두면 현재에게 편의점 음식을 챙겨줄 수 없다. 뭐 그만두고 죽기 전까지 그냥 사다 줄 수도 있지만 사서 주기엔 어색하다.

수야는 이번 생에 남은 시간 동안 하고 싶은 것에 대해 생각해 봤는데 가장 먼저 떠오르는 단어가 데이트, 연애 이런 것들이다.

외모가 예뻐지고 성격이 매력적으로 바뀐 후, 서로 사랑하는 매력적인 그와 로맨틱한 여행도 가보고 싶다. 하지만 대상이 있어야 하는데 대상이 없다. 그리고 사람들이 자신을 대단하게 생각했으면 좋겠다.

사실 대단한 인물인데 이것을 증명할 방법이 없다.

'내가 바로 그 사람이면 카페를 가도 수군거리면서, '어머, 저 사람이 그 대단한 사람이야.' 할 텐데….'

아르바이트가 끝났다. 언제까지 아르바이트해야 할지 모르겠다. 이러다 죽기 전날까지 하게 될 것 같다. 사실 뭔가를 주체적으로 했던 적이 없어 그만둔다고 말하는 것도 언제 어떻게 해야 하는지 모르겠다.

수야는 그래도 뭐라도 해 볼지 하고 내일 오전에 시내에 나갈 계획이다.

" 밤 샜네. **"**

수야는 잠을 설쳤다. 잠을 잤다기보다 꿈만 꾸다 밤이
다 갔다. 스마트폰을 켜보니 7시가 채 안 됐다.

누운 상태로 인터넷을 살펴봤다. 6시 아침 뉴스에 나온
기사가 메인에 있다. 영상이 첨부되어 있어 눌러봤다.

[최근 십 년 동안 지속해서 증가하던 자살률이 큰 폭으로
떨어졌습니다. 우울증 등 정신질환과 경제적 취약계층을 중
심으로 한 각종 대책이 효과를 본 것으로 보입니다. 특히
정부가 집중적으로 행한 행복 추구 프로젝트 덕분으로 보
인다고 전문가들은 말합니다.]

수야는 뉴스를 보며 생각했다.
'아니야.'
'그 덕분이 아니야.'
'희망이 생겨 서지.'
'세상이 일찍 망할 수도 있다는 희망이.'
'내가 그들에게 그 희망을, 그 바람을 이루어 준 거야.'
'난 올바른 선택을 한 거야.'

뉴스를 보고 나니 먹고 있던 편의점에서 가져온 음식들

의 유통기한이 눈에 들어왔다. 유통기한이 몇 시간 지나 못 팔게 되어 집에 가져온 음식들이다. 며칠 전에 가져온 것도 있다. 유통기한을 가만히 쳐다보고 있으니 이런 생각이 들었다.

'그 전엔 다 제값에 팔 수 있던 것들이었는데 시간이 지나니 팔 수 없게 되어 나한테 돌아왔어. 어차피 다 유통기한이 있어. 음식도 사람도 지구도.'

'내가 전 인류에게 일 년의 시한부 인생을 만들어 준 게 아니야.'

'지금을 사는 사람들에게만 그런 기지.'

'어떤 기간을 말했어도 종말을 향한 카운트다운을 할 사람들은 존재해. 만약 1만 년이라고 했으면 9999년 지난 후의 사람들에게는 일 년 남은 거잖아. 그때 태어난 아이들은 세상을 1년만 경험하는 것이고. 긴 기간을 말하고자 하는 사람들은 자신과 관계없는 멀리 떨어진 때를 말하는 것뿐이지. 자신이나 자신의 가까운 후손들과는 아주 거리가 먼.'

수야는 이렇게 생각하니 마음이 편해졌다.

수야는 오늘 잠을 못 잔 이유가 꿈을 꾸어서인지, 아니면 잠을 잘 자지 못하여서 꿈을 꾼 것인지 알 수 없다. 꿈에 중학생 시절의 자신이 나왔다. 수야는 가끔 사춘기 시절의 꿈을 꾼다.

항상 악몽이다. 다음 수업을 위해 교실을 옮겨야 하는데 아무리 찾아도 교실이 안 나온다. 또 어떤 날은 화장실을 가야 하는데 너무 더러워서 사용할 수가 없다. 옷을 홀랑 벗고 학교에 도착해 있는 날도 있다. 갑갑하고 두려웠던 당시의 느낌이 기억난다. 성인이 아니어서 지금처럼 숨을 수도 없는 그때가 수야는 너무 힘들었다.

수야는 그때의 어린 자신이 안쓰럽다. 누군가 옆에서 이야기를 해주는 현명한 사람이 있었으면 그때의 자신이나 지금의 자신이 덜 불행했을 것이라고 믿는다. 꿈속에서 수야는 열네 살 수야와 눈이 마주치면 한풀이하듯 울먹이며 말하게 된다.

'너를 괴롭힌 아이들이 남은 생에서만이라도 잔인하게 벌을 받았으면 좋겠어.'

'좋은 부모, 좋은 환경에서 태어났으면 그리고 너를 도와주는 누군가가 있었으면 지금의 내가 지금과는 다르게 바뀌었을 거야.'

중학생 수아는 가만히 듣고 있다. 뭔가 말하는 것 같은데 무슨 말인지 알 수 없다. 아마 자신이 힘들다는 말과 이 십여 년이 지난 지금의 수야에게 위로의 말을 건네는 것 같다.

서로를 안쓰럽게 생각하는 과거와 현재의 자신. 자랑스러웠던 적이 없는 서로다.

한 시간 정도 가만히 누워있었다. 계속 누워있을까 아

니면 어제 계획대로 시내에 나가볼까, 하다 머리가 무거운 것 같아 나가는 게 좋을 것 같다고 생각했다. 대충 세수를 하고 시내로 나왔다.

딱히 갈 데가 없어 주춤하고 있는 중 저 앞에 있는 대형 서점이 눈에 띈다.

'저기나 가자.'

여기저기 종이를 넘기는 소리가 분주하다. 오랜만에, 아니, 거의 십 년 만에 시내의 대형 서점 나들이다. 각종 신간

이벤트로 북적거린다. 사람들이 몰려 있는 곳으로 가 봤다.

《 '5년 뒤의 나'에게 한마디 해 준다면.》

항상 행복해.   / 박 진 아
고3이다. 공부 좀 해!   / 김이란
나를 원망하지 마라.   / 박 규 태
너무 예뻐져서 몰라보겠다. / 민이님 ♥

사람들이 잔뜩 글을 써 놓았다. 수야도 구석의 공간에 흔적을 남겼다.

/   하수야

188

돌아다니다 보니 눈에 들어오는 책 제목이 있다. 수야는 그 책들을 쭉 훑어봤다.

'죽기 전에 가봐야 하는 여행지, 죽기 전에 먹어봐야 하는 음식, 죽기 전에 봐야 하는 영화라. 죽기 전에 어쩌고 하는데 별로 내키지 않아. '죽는 것'이 가장 원했던 것인데 뭘 죽기 전 타령이야.'

'그리고 죽기 전이라는 것이 결국 사는 동안이잖아. 죽기 '전'이란 단어는 죽음과 상관있는 것이 아니라 삶과 상관있는 거야. 그냥 '살아있을 때'. 그러니깐 이 책 제목이 와 닿는 사람들은 사는 게 꽤 대단한 일이고 나름 재미도 있고 그런 사람들이겠지. 어디 맛있는 거 먹을 데 있나, 여행 갈 곳 있나, 볼 영화, 들을 음악 있나가 궁금한 그런 사람들.'

수야는 딱히 보고 싶은 책도 없고 해서 집으로 와서 아르바이트 갈 준비를 했다.

" **딸**까 "

손님이 뜸해지고 한산해지자 익숙한 동네 한량이 들어온다.

"여기….."
"혹시 알바자리 있어요?"

이 동네 사는 여자인데 오면 가끔 물어본다. 나이는 가늠이 안 된다. 수야보다 한참 어려 보이지만 저번에 친구와 전화 통화하면서 들어와서는, '야. 이제 우리도 서른 중반이다.' 이렇게 이야기하던 것을 들었다.

외모나 오는 시간대나 학생은 아닌 것 같고 그렇다고 직장인처럼 보이지도 않는다. 재택근무를 하기에는 너무 여유 있게 어슬렁거린다. 해야 할 일이 있는 사람의 모습은 아니다.

편의점에 올 때면 그녀는 스마트폰의 바코드를 들이밀 때가 많다. 어디서 이벤트에 당첨되어 음료수를 가져간다. 옷도 멀쩡한 외출복으로 온 경우는 한 번도 없다.

수야가 이 사람을 기억하는 이유는 자주 와서라기보다 아르바이트 자리 있냐고 물어보기 때문이다. 수야가 느끼기에 동네 한량 같다.

"인간계의 아메바 같은 존재. 진짜 삶 자체가 한심하

다. 일 년 시한부 인생을 만들어 준 내가 네 은인이다."

속으로 생각하고 있는데 그녀가 말을 건다.

"혹시 일 그만두시게 되면 저한테 먼저 말씀해 주세
요."

"아…. 네."

"감사합니다!"

오늘은 아무것도 사지 않고 나갔다. 옷도 수야처럼 몇
개 가지고 일 년 내내 돌려 입는다.

하지만 그녀에게는 신기하게 칙칙함이 없다.

" **회**화학원 등록하자 ! "

곧 죽는다고 생각하니 마음이 편안하지만, 그 안에 언뜻 느껴지는 아쉬움을 파고드니 '연애'다.

수야는 여중과 여고, 여대를 나왔고 엄마와 언니 이렇게 여자 셋이 살았다. 그러다 보니 주변 성비는 10 이하였다. 이 수치도 학교 선생님, 교수 등을 포함했을 때다. 사실 공학을 나왔어도 달라질 것은 없었을 것이다. 수야는 공학이면 어땠으려나 생각하다 보면 바로 머리를 가로로 저으며 그 생각을 저리 치워버린다. 차라리 동성인 여자아이들의 따돌림이나 놀림이 나았지, 혼성으로 당했으면 더 힘들었겠다는 생각이 든다.

사춘기 시절부터 지금까지 수야도 연애의 말랑말랑한 달달함이나, 쌔끈한 끈적거림도 느껴보고 싶었다. 하지만 연애가 해보고 싶은 느낌만 들어도 '내가 감히'라는 생각에 부끄러워했다.

시간이 지나면서 사춘기 소녀의 설렘, 20살의 풋풋함, 30대 여인의 성숙함은 들어는 봤지만 와 닿지 않는 말들로 굳혀졌다. 수야에게 연애, 데이트, 사랑 이런 단어는 삼엽충, 암모나이트 같은 단어다.

인터넷에서 모태 솔로 탈출하는 방법을 검색해 봤는데, 베스트 댓글이 '환생'이었다. 수야는 이게 농담으로 단 댓글인 줄 몰랐다. 그 댓글을 보고 수야는, "아. 그래. 새로 태어나는 것이 유일한 방법인 것 같다."라고 진지하게 인정했었다.

살이 쫙 빠지고 얼굴이 확 바뀌어 지금의 모습과 완전히 다른 매력적인 여성이 데이트하는 상상은 자주 해왔다. 멀쩡한 사람이 아무런 이유 없이 자신을 좋아해 주지 않으리라 생각해서 상상 속 데이트를 하는 수야는 지금의 모습과는 완전히 다른 사람이다.

얼마 전까지 "내 주제에 무슨."이라고 옆으로 밀어놓았던 생각이 조금 바뀌었다.

'나는 진짜 대단한 사람이잖아. 연애한다면 그 남자는 가문의 영광이지.'

'내가 외계인의 선택을 받은 대단한 사람인 것을 안다면 나와 만나보고 싶은 사람이 줄을 설 텐데. 대단한 사람이라는 것 자체가 가장 큰 매력이잖아.'

하지만 자신이 그 대단한 사람인 것을 증명할 방법이 없다. 그래도 자신이 대단한 '그 사람'이라는 것에는 변함이 없다. 자신감이 생긴 수야는 우선 남자를 만나보고 싶다. 점주나 손님 말고 연애 대상으로의 남자!

그러다 생각난 곳이 영어 회화학원이다. 가까운 영어 회화 말고 시내에 있는 커다란 영어 회화학원을 등록할까 한다.

인터넷으로 등록을 알아보니 이번 달은 지났고 다음 달 등록을 할 수 있는데 미리 레벨테스트를 받아야 한단다.

다음 달이니 일주일 남았다. 레벨테스트나 받아야겠다고 생각하고 수야는 학원으로 향했다.

출근 시간이 약간 지난 시간이라서 한산할 줄 알았는데 생각보다 북적인다. 이 시간에 지하철을 타는 것은 아주 오랜만이다. 지하철에서 내려 회화학원에 도착했다. 등록을 먼저하고 레벨테스트를 받으라고 한다.

잠깐 기다리니 덩치가 큰 외국 여성이 수야 쪽으로 다가온다.

"하이"

"아. 네"

수야를 보며 외국인이 영어로 인사하니 당황스러웠다. 그녀는 수야에게 이리로 오라고 손짓한다. 함께 일 층에 있는 작은 사무실로 들어갔다.

"하우 아 유?"

" ...... "

좁은 방에 둘이 앉아 있는 것 자체가 어색하다. 무엇인가를 대답해야 하는 상황도 익숙하지 않은데 영어다. 자막도 없이 영어를 듣고 게다가 질문에 맞는 뭔가를 답해야 한다.

"왓 두 유 두?"

"어…."

"왓츠 유어 좝?"

"마이 좝 이즈..."

할 말이 없다. 그녀가 기다려 준다. 그냥 넘어갔으면 좋겠는데 계속 기다린다.

"어⋯."

"왓 츠 유어 페이보릿 컬러?"

"어⋯ 레드."

수야는 빨간색이외에도 주황색, 분홍색 등 붉은 기가 들어간 계열 옷은 하나도 없다.

그냥 아무것이나 말하다 보니 나왔다.

"오! 에너제틱 컬러!"

"아. 예."

외국인 선생님은 종이에 뭔가 짧게 끄적거리더니 성급히 나갔다. 수야도 따라 나왔다.

수야는 생각했다. '저 사람은 자신이 얼마나 대단한 사람을 독대했는지 알면 놀랄 거야. 다른 나라 와서 말도 안 되는 경험을 바로 지금 한 거지.'

예전 같으면 수야는 명청한 자신을 자책하며 찝찝했을 텐데, 외계인의 선택 이후 그런 자책이 들 때면 바로 자신이 대단한 사람임을 자신에게 상기시키며 무마시켰다.

오늘은 수업 첫날이다. 수야는 붉은색이 살짝 도는 립글로스를 발랐다. 익숙하지 않아서 그런 거 아니면 입술이 얇아서 그런지 튀김 먹은 것 같다. 그래도 희죽그레한 색깔에 각질 일어난 입술보다 백만 배는 나아 보인다.

레벨에 맞춰 교재를 구매하고 지정된 교실로 올라갔다. 깨끗한 테이블과 의자가 정갈하게 놓여있다. 앞에는 화이트보드가 있다. 대학을 졸업하고 뭔가를 배우는 분위기는 처음이다.

일찍 온 것인데 이미 사람들이 와 있다. 시간이 지나자 차츰 채워졌다. 이게 전체 인원 같다. 7명이다. 오전이라 그런지 아니면 원래 영어 회화학원이 그런 건지 다양한 나이대의 사람들이 있다.

외국인 선생님이 들어왔다. 출석을 부른 후 첫날이라 간단한 자기소개와 닉네임을 말하라고 한다.

다들 준비한 듯이 닉네임을 말하고 자기소개를 한다. 곧 수야 차례인데 닉네임은 뭐로 하고 자기소개는 뭘 말해야 할지 모르겠다. 굳이 일찍 일어나서 여기까지 와서 돈 내고 불편해야 하나 후회된다.

수야 차례다.

"마이 닉네임 이즈 영. 아이 워크 인 더 코스메틱 컴퍼니."

짧게 말했다.

휴학한 대학생도 있고 비영어권 외국인도 있다. 중년의 여성도 있고 얼마 전 은퇴한 남성도 있다. 가장 나이가 많은 사람은 72세 여성이다.

학원에 남자가 있긴 하지만 자신보다 한참 어리거나 한참 많았다.

'가끔 학원에서 만나 결혼했다 뭐 다 하는데 그건 레벨이 높은 반인가 보다.'

간단한 자기소개가 끝났다. 선생님은 교재를 펴라고 했다. 1강의 주제는 'I(나)'다. 2명, 2명, 3명 이렇게 팀을 나눠주고 교재에 있는 질문을 서로에게 하라고 한다. 수야는 팀원이 3명인 곳에 들어갔다.

질문은 간단하다.

"왓 이즈 유어 하비?(당신의 취미는 무엇입니까?)"

"왓 두유 원트 투두?(앞으로 무엇을 하고 싶습니까?)"

"왓츠 유어 드림?(당신의 꿈은 무엇입니까?)"

수야는 팀원이 질문하면 짤막하게 답했다. 취미는 "와칭 무비"고 무엇을 하고 싶다는 말에 '데이트'라고 말하고 싶었지만 '트레블링', 꿈은 '컴퍼니 보스'라고 말했다.

수야는 '꿈'을 묻는 것이 어색하다.

'다 큰 사람들한테 꿈을 물어보다니. 어릴 때야 「나의 장래 희망은」에 답하는 거지.'

하지만 다들 뭔가 말한다. 말하고 싶은 것이 많은데 영어가 익숙하지 않아 본인들이 답답하다. 영어는 어눌한데 눈은 반짝인다. 열심히 한마디라도 더 하려 한다.

신기하기도 하고 한편으로는 자기와 상반되어 부럽기도 했던 '열정 부자들'이 이제는 아무 느낌도 들지 않는다.

쉬는 시간이다. 선생님이 잠시 나갔다. 72세 여성은 핸드폰으로 교재에 체크해 놓은 단어를 찾아가며 뜻을 적어 놓는다.

그 여성을 보고 수야는 생각했다.

'저 사람은 결혼하고 애들 다 키워놓고 노후에 뭘 할지 하고 나왔겠지? 남편도 있고 애들도 있고. 멋지게 채웠든 어쨌든 저 사람은 나름 삶을 꽉 채우면서 살았을 테고. 시간 여유가 생기니 그동안의 삶을 채워가던 버릇과 여전

한 열정으로 학원에 신청한 거고 뭐, 열심히 이것저것 하는 것이 재밌겠지. 채워가고 있었으니.'

'경험도 없고 그래서 감흥도 없고 뭔가 느끼고 싶지만 방법도 모르겠고. 나처럼 아무것도 채워있지 않은 삶을 보면 한심하다고 생각할까? 세상이 해코지할까 봐 숨어 지내는 사람들을 이해 못 하겠지. '세상에 맞닥쳐 봐.' 뭐 경험이라면서 이런 말 하는 거 아냐? 잘 알지도 못하면서.'

'근데 지금 영어 배워서 어디가 쓸려고 저러나?'

'아니지. 뭐 나이는 상관없지. 어차피 곧 다 죽을 건데.'

수야는 미리 돈은 냈지만 다음에는 오고 싶지 않다.

'뭐 돈이야 곧 죽을 건데 아깝지 않아.'

수야는 집으로 가면서 이번 생에 연애는 불가능하다고 결론지었다.

그냥 연애는 '하늘을 나는 것'과 같은 일이라고 생각했다. '새로 태어나지 않으면 불가능 한 일'

" **뭘** 하지 ? "

수야는 그래도 죽기 전에 뭔가 해보고 싶다. 하지만 그 '뭔가'가 뭔지 잘 모르겠다. 유튜브 먹방에 나온 음식들도 시켜 먹었지만 그들의 리뷰처럼 맛있지 않다. 배달 음식의 한계인가 싶지만, 맛집을 찾아가서 혼자 먹을 기운은 없다.

'뭘 해야 하지? 왜 생각보다 재미가 없지?'

'안 해봐서 그런가. 자주 해봐야 재미를 느끼는 건 당연하지?'

'아니면 혼자 해서 그런 건가.'

'뭐 사실 별로 기대도 안 하긴 했었어.'

뭔가 해보고 싶지만 그 '뭔가'가 뭔지 모르겠다. 세상 사람들은 뭘 하면서 즐기나 하고 무작정 인터넷을 쭉 훑어봤지만, 감흥이 없다.

'중학교 과학 시간에 즙이 잔뜩 나오는 레몬을 보고 침샘이 반응하지 않는 경우는 레몬을 먹어본 경험이 없는 사람 이랬는데 경험이 없으니 몸이나 정신이 굳어 있나 보네. 사실 세상에 뭐가 있는지도 잘 모르겠고. 뭘 듣거나 해봤어야지.'

해외여행이나 고급 호텔 숙박 같은 좀 다른 것을 해 볼까, 하니 돈이 필요하다. 죽기 전까지 머무를 곳은 있어야 해서 원룸 보증금은 뒤야 한다. 갑갑하다. 그러다 문 뜩 생각이 났다.

'그래!'

'대출을 받자!'

수야는 인터넷을 열었다. 빚이 남아 있는 상태라 은행 대출은 힘들 것 같다. 쭉 찾아보니깐 신용등급과 상관없이 핸드폰으로 오백만 원 정도를 바로 넣어주는 것이 있다. 자신 명의로 핸드폰을 개통할 수 있는 고객이면 대출이 가능하다고 한다.

수야는 바로 전화해 보았다. 예전 같으면 소심한 성격에 뭔가를 알아본 후 전화하는 것은 생각도 못 할 수야였지만 전보다 조금은 과감해진 수야는 물을 마셔 목을 축이고는 바로 전화를 걸었다.

"여보세요."

"OO 신용금고입니다."

"대출 알아보려고 아는데요."

"네. 스마트폰만 있으면 500만 원까지 가능합니다. 그 이상 금액의 대출에 관해서는 서류 필요합니다."

"500만 원하려고요."

"네. 전화 끊지 마시고 문자 오면 그 번호로 성함과 주민등록번호, 그리고 은행 계좌 번호를 보내주세요."

"그리고 당사자의 간단한 기본 신용 확인 및 예금계좌 확인을 위해 기본금을 먼저 송금하셔야 합니다."

"네?"

"기본금 50만 원을 저희 계좌로 송금해 주시면 고객님

200

의 계좌 확인과 함께 동일 계좌로 500만 원이 합산된 550만 원이 일시금을 바로 입금됩니다."

"아. 네. 그런데 왜 50만 원이나 송금해요? 만 원만 송금해도 확인될 것 같은데."

"원금에 대한 이자가 신용 금액이라 이자를 지급할 수 있는 기본 능력을 보는 것인데요. 걱정하실 필요 없어요. 저희가 바로 원금과 함께 송금해 드립니다. 그리고 이자는 입금된 날 기준 한 달 뒤부터 저희 계좌로 입금해 주시고 원금 상환 기간은 1년입니다."

"핸드폰으로 계좌 이체 가능하시죠?"

"네."

"그럼 좀 알아보고 내일 입금해도 되나요?"

"고객님. 그런데 내일부터 이율이 바뀌서 올라가요."

"가능하면 오늘 하시는 게 이득이세요. 지금 전화 연결된 김에 하시는 것이 편하실 거예요."

"제가 지금 문자 보내드렸는데 문자에 적힌 계좌로 50만 원 송금해 주시고 확인되면 바로 550만 원 입금해 드립니다."

수야는 생각했다. '그래, 지금은 돈보다 시간이 더 중요하지.'

"네. 그러면 지금 50만 원 송금할게요."

"확인 후 고객님 계좌로 바로 입금됩니다."

수야는 문자로 온 계좌로 50만 원을 입금했다.

입금하고 나서 몇 분 정도 기다린 후 다시 전화를 걸었다.

"네. 고객님 확인됐습니다. 바로 550만 원 고객님 계좌로 입금됩니다. 감사합니다."

수야는 500만 원이 더 생겼으니 다음 달은 제주도 여행을 가 볼까 한다. 매달 갚아야 할 이자를 다 합쳐도 원금이 훨씬 많으니 이득이다. 인터넷으로 제주도 여행에 대한 정보를 찾아봤다.

'다음 달부터 편의점도 그만둬야겠다.'

'돈은 또 다른 곳에 전화해서 빌리지 뭐. 생각보다 쉽네.'

돈이 들어왔는지 확인하기 위해 자신의 계좌를 열어봤다. 50만 원이 빠진 채 그대로이다.

'바로 들어온다고 했는데 왜 안 들어왔지? 더 기다려야 하나?'

수야는 다시 전화해 봤다. 한참을 기다려도 받지 않는다. 기분이 이상하다. 다시 몇 번 전화했다. 안 받는다. 인터넷을 찾아보니 사기당한 것 같다.

'나는…. 진짜…. 머저리 같다. 싫다.'

'눈치도 없고. 싫어! 하수야!'

불같이 화가 나지만 신고할 생각도 없다. 그 사기꾼들한테 화가 나는 것이 아니라 자신에게 화가 나기 때문이다. 하지만이네! 그 화는 세상을 행했다.

'맞아. 원래 이랬어. 내가 뭔가 해보려고 하면 세상은 항상 나한테 이랬어.'

'나는 열심히 살아보려고 노력했던 아이였어. 하지만 뭐만 하려고 하면 훼방을 놓는 기운이 있었어.'

'노력하려고 해도 발목을 잡아. 난 정말 재수가 없는 애였어.'

'아니 단순히 재수가 없는 정도가 아니야. 이상하리만큼 세상이 날 짓밟았어. 어떨 때는 갖은 노력을 하니깐 조금은 풀리는 가도 싶었어. 하지만 이건 뺏기 위해서 그런 거더라고. "너 한 번 더 힘들어봐라." 이렇게!'

'내가 할 수 있는 것은 피하는 거였기 때문에 최대한 아무것도 하지 않으려고 했어.'

'난 항상 재수가 없었지. 신학기가 시작하면 전교생 중 내 의자만 망가져 있었어.'

'나를 괴롭힌 사람들한테는 행운이 오더라. 그것도 백 퍼센트의 확률로! 학창 시절 나를 왕따 시켰던 애들은 공부 잘 못하는 애들이었는데 모두 수능 대박 나서 대학도 잘 갔어. 자기들도 놀라던데. 시험 보면서 찍은 거 다 맞은 적 처음이라고. 편의점에 올 때마다 물건 던지듯이 놓으면서 내 기분 상하도록 갖은 노력을 하던 그 여자도 공시 합격했다고 편의점 사장이 일할 때 와서 자랑했다고 하고.'

'나를 해하게 하는 데 노력한 모든 사람은 그 전에 불행하고 운이 없었어도 나를 힘들게 하자마다 복을 받았어. 그것도 다들 인생의 방향을 바꿀 정도로 큰 복을.'

'처음에는 못 느꼈어. 그냥 내가 재수가 없다고만 생각했는데 나를 괴롭혔던 사람들이 이상할 정도로 다들 갑자기 잘 풀리더라고 괴롭히는 데 일조한 다음 복을 받고 그 다음에는 다들 완전히 떠났어. 임무가 끝난 거지.'

'내 성격도 유전자에 박혀 있기보다 후천적으로 바뀐 게 더 많아. 숨을 수밖에 없던 거지. 아픈 사람들이 성격이 바뀌는 것이, 아파서 바뀌는 것이 아니라 아플까봐 바뀌는 거야. 방어기제 같은 거지. 엄살이 많아지고 말이 많아지는 등, 가벼워지는 사람이 있고, 세상 초연하게 바뀌는 사람도 있고.'

'이게 아플까봐 그런 거야. 아플 때 덜 아플 수 있게끔. 나도 최대한 덜 아프기 위해 숨었어. 이런저런 시도를 해보지 않게끔 극도로 예민하게 바뀌었어.'

' "아무것도 하지 않으면 아무 일도 일어나지 않습니다." 이러면서 지금의 상황은 게으른 네 탓이라고. 하지만 그 '아무것도 하지 않은 것'을 한 거야. 아무 일도 일어나지 않도록.'

'세상아, 내가 그렇게 밉고 우스운 세상아! 이제 몇 달만 있으면 다 끝이다!'

수야는 세상에 복수 할 수 있다는 생각에 50만 원을 사기당한 것은 전혀 신경도 안 쓰인다. 아니 세상을 짓밟을 생각에 흥분됐다.

'내가 원하는 것은 세상이 망하는 거야.'

'나를 밟고 무시했던 사람들은 용서할 수 있는데 이 세상은 용서할 수 없다.'

수야는 생각했다. 세상은 수야가 만만했을 것이다. 외부의 외계인이 개입할 것이라고는 생각도 못했을 것이기 때문이다.

하지만 이제는 상황이 바뀌었다. 세상에 복수할 기회를

외계인이 수야에게 줬다. 세상은 당황했으리라.

수야는 몇 달 뒤를 기약하며 자리에서 기분 좋게 일어났다.

" **알**고 보니, "

"우리 학교에 외계인이 선택한 그 사람이 있는 거 아니야?"

"옆 반에 있데요."
아이들이 수업에 집중 못 하자 현재 국어 선생님은 주위를 환기할 겸 다른 이야기를 꺼냈다.
"누구?"
이름을 대자 아이들은 한바탕 웃었다. 그 아이는 원래 가벼운 소리로 친구들에게 농담 잘하는 아이다.
"진짜 선택된 사람일 수도 있잖아."
선생님이 말하자 아이들이 대꾸했다.
"네. 맞데요. 올해가 마지막이라는데요."
"야. 집에 가자."
"아이고. 결혼도 못 해보고 죽네."
"이번 주에 해라."
수업 시간의 긴장이 풀린 아이들은 서로 가벼운 농담을 던졌다.
"걔 선택된 사람 맞아."
진지하게 말하는 교사의 말에 아이들은 던지던 농담을 멈췄다.

"너희 다 선택된 사람들이잖아."

"자궁이라는 우주 안에서 선택된 단 한 명의 사람이지."

"수많은 정자가 뒤엉켜 있는 그 안에서 단일로 선택된 자, 그게 너네야."

"그런데 '선택'이라는 게 대단할 수도 있고 아니면 반대로 아무것도 아닐 수도 있고. 뭐 관점에 따라 다르지."

"선택되어 태어난 것으로만 너네는 절대적 대단함을 가지고 임무를 다 수행했다고 할 수도 있어."

"하지만 '선택'에서 너희가 한 일은 존재 이외에는 딱히 없지. 게다가 엄마의 자궁 속에서 사라진 무수한 정자가 너네보다 못 나서 선택되지 않은 것도 아니고."

"이번 외계인의 선택도 그래. 선택된 사람이 대단한 것도 아니고 그렇다고 선택되지 않은 자들이 하찮은 것도 아니야. 굳이 말하면 선택된 자가 대단하다기보다 선택한 자가 대단한 거잖냐."

"야! 그리고 너네는 그 선택에 당첨됐으면 좋겠냐. 어떤 선택이 옳은 건지도 모르는 전체의 일을 개인에게 맡기는데, 그 개인이 되고 싶냐."

"그러니 다들 누가 선택받았내 뭐네 하면서 붕 뜨지 말고 그냥 너희 길을 가라."

"네."

"너희 길이 뭐라고?"

"연애요."

"공부!"

현재는 국어 교사의 말에 반은 수긍하고 반은 수긍하지
못했다.

'선택된 자가 대단한 것은 아니지. 하지만 선택되었다
면 좋았을 것 같아. 전체를 위한 옳은 결정을 내릴 수는
없어도 자신을 위한 최선의 결정은 내릴 수 있잖아.'

6.   남은 시간

" **그**래 ! "

'이제 그만두자!'

수야는 주체적으로 뭔가를 결정한 적이 없다. 대학교와 학과도 고3 담임이 정해준 것으로 결정했다. 다른 곳은 찾아볼 생각도 못 했다.

편의점도 언제, 어떻게 그만둬야 할지 모르겠다. 벌써 5월 중순이다. 1월의 충격과 환희로 그달이 정신없이 지나갔고, 짧은 2월이 없어졌다. 3월과 4월은 지나갔는지도 모르게 몰래 지나갔다. 하루는 긴데 일주일은 너무 빨리 지나간다. 마지막으로 사계절을 느끼고 싶었는데 그냥 '봄의 편의점 아르바이트', '여름의 편의점 아르바이트', '가을의 편의점 아르바이트', '겨울의 편의점 아르바이트'만 경험하다 끝날 것 같다.

아르바이트를 그만두고 다른 것을 할 계획은 없지만, 죽는 날이 정해진 상황에서 게다가 얼마 남지 않은 기간에 계속 편의점 아르바이트를 하는 것은 아닌 것 같다. 그래서 '아르바이트를 그만두는 것'이라도 해보려고 한다.

하지만 쉽지 않다. 십 년 넘게 하던 편의점 아르바이트 일을 그만두는 것은 수야에게 대단한 일이다. 생활비를 위한 직장을 그만둔다는 사실 때문에 대단하다기보다 오랜 기간 해 온 관성을 거스르는 일이기 때문이다.

"그만두면 현재에게 편의점 음식 챙겨주는 것도 못 하겠네."

'점주가 왜 그만두냐고 물어보면 뭐라고 하지?'

'안 물어보려나?'

'만약 물어보면 뭐라고 말할까?'

'그래. 대학원 간다고 하자. 점주한테. 그리고 현재한테도.'

'언제 말하지?'

'오늘 말할까?'

'그럼 가자마자 말해야 하나. 아니면 가기 전에 먼저 문자로 보내고 말해야 하나?'

'지난달 월급 받은 지 일주일 정도 지났으니 이번 달이랑 다음 달까지 하고 그만둬야 하나? 사람도 구해야 하니깐 최소 한 달 이상은 미리 말해야 하잖아.'

'아니지. 사람은 금방 구해질 거 같은데. 특히 그 동네 한량은 항상 스탠바이 돼 있던데.'

'그만두면 통장에서 보증 빚 나가야 하는 건 어쩌지? 아르바이트 그만두면 매달 빠지던 보증 빚이 안 빠져서 연락해 올 텐데.'

'생활비도 없고.'

'그렇다고 죽는 날 정해졌는데 계속 아르바이트만 할 수도 없고.'

'음….'

'이제 나가야 하는데 어떻게 하지?'

'그래.'

'우선 오늘은 그냥 가자.'

" 혹시…."

"여기 알바 자리 있어요?"

오늘 오전 내내 고민한 것을 엿듣기라도 한 것처럼 동네 한량이 와서 묻는다.

"어…."

"제가 곧 그만둘 것 같은데."

기대하지 않고 던졌는데 월척이 걸린 듯이 그녀 눈이 반짝이고 손에 힘이 들어간다.

"오! 진짜요? 언제요?"

"어…. 뭐 한두 달 정도 뒤에."

수야는 뇌에 쥐 난 것처럼 계속 생각 없이 대꾸했다.

"아~ 그만두시는구나."

'아쉬움의 문장을 희열을 나타내면서 읽어보시오.'란 임무를 수행한다면 그녀는 프로급이다.

"사장님은 오전에 나오시죠?"

"어…. 네."

"감사합니다."

"제 은인이세요."

"아…. 네….."

나가려다가 뒤돌아서서는 수야에게 묻는다.

"그런데 왜 그만두시는 거예요?"

"어…. 제가…. 어…. 대학원에 가게 돼서…."

"아. 그렇구나. 잘 됐어요."

"수고하세요."

잔뜩 신이 나서 나갔다.

한량이 나가서야 뇌에 쥐 난 것이 풀렸다.

'뭐가 잘 됐다는 거지? 내가 그만둬서 지가 편의점 아르바이트하게 된 거?'

점주보다 한량에게 먼저 말했다. 할 수 없이 내일 말할 수밖에 없다. 차라리 이렇게라도 하지 않았으면 죽는 날까지 아르바이트할 수도 있었으니 차라리 다행인가 싶다. 하지만 뭔가 찝찝하다.

'아직 아무 준비도 안 됐는데...'

점주에게 말하기 전이에 자신이 먼저 말한 다음에 말하라고 할 걸 그랬나 후회된다.

'이게 뭐 그리 좋다고. 나이도 삼십 중반이라며. 다른

것 하지 왜 여기 매달려?'

'씨…. 짜증 나….'

수야는 그날 저녁 잠이 안 왔다. 점주에게 말해야 한다는 사실과 그만둔다는 사실이 심란하고 걱정된다.

'대학원이 취소돼서 다시 아르바이트한다고 말할까?'

'내일 오전에 그 한량이 사장한테 와서 이력서 들이밀면서 말할 거 같은데.'

'그러면 사장은 처음 듣는 이야기를 모르는 사람한테 먼저 듣게 되는 거잖아.'

'내일 일찍 가볼까?'

'그 한량이 몇 시에 올까?'

'내일 안 올 수도 있지 않을까?'

'그래. 내일 온다고 안 했잖아.'

'아…. 씨…. 모르겠다.'

머리가 복잡한 수야는 유튜브를 켰다. 새벽까지 유튜브를 보다 잠들었다. 오전 일찍 일어나서 다시 생각해 보려 했지만, 평소처럼 11시 30분에 일어나 준비하고 아르바이트하러 갔다.

" **어**서 와요. "

평소처럼 점주가 수야에게 인사를 건넨다. 다른 아르바이트생에게는 말을 놓는데 수야에게는 반말과 존댓말을 섞어 쓴다.

점주가 평소와 똑같다. 별말이 없다. 수야는 생각했다.

'그 한량이 들르지 않은 것 같다. 다행이다.'

그때 점주가 말했다.

"아! 수야씨 대학원 가?"

한량이 왔었다.

"어…. 네….."

"잘됐네."

"일은 언제까지 할 수 있지?"

"어…. 6월 말까지…."

"다음 달까지네."

"... 네."

점주는 평소처럼 영수증 정리를 마치고 수고하라는 말을 하고 나갔다.

'한량이 와서 뭐라고 한 거지?'

'어떻게 알았냐고 물어볼걸.'

'6월까지만 알바하면 7월부터 12월까지 6개월 동안 보증 빚은 어떻게 하지? 월세랑 생활비는?'

214

'개강하기 전 8월까지 한다고 할 걸. 한량한테 한두 달이라고 해서 6월 말이라고 말이 나왔네.'

'그 한량은 편의점 알바가 뭐라고. 왜 저렇게 이 자리를 차지하고 싶어 해? 참 나.'

'내일 다시 8월 말까지 할 수 있다고 말할까?'

'아씨…. 난 왜 이렇게 멍청하냐.'

그러다가 몇 달 안 남은 시한부 인생을 살면서도 빚과 생활비 걱정하는 인생이 불쌍하다는 생각이 들었다.

'그래. 뭐 어떻게 되겠지. 어차피 곧 죽는데.'

'그래! 오히려 잘 됐어.'

네버엔딩 같던 편의점 아르바이트도 얼마 안 남았다. 처음 이 편의점에서 일을 할 때 수야는 젊었다. 지금도 늙은 것은 아니지만 그때는 20대의 한복판에 있었다. 마흔 살 넘어서도 여기서 아르바이트를 할 것 같았는데 이제 그만두게 된다. 앞으로 남은 몇 달이 걱정도 되지만 오랫동안 못 해본 '편의점 아르바이트 안 하는 것'을 죽기 전에 해보게 됐다.

'뭐 어떻게 되겠지.'

'죽는 건 걱정도 안 되는데 사는 게 걱정이네.'

'… 현재에게 음식을 못 챙겨주는 것이 아쉽다.'

" **일**주일 남았다. "

　'편의점 알바 할 날도 얼마 안 남았다. 뭐든 기간이 정해지면 여기서 받는 스트레스가 줄어드나보다. 하지만 대신 앞으로 닥칠 것에 대한 스트레스가 생기네. 어차피 스트레스는 생명에 붙어있어서 죽기 전에는 없어지지 않지만.'

　'사람들이 일을 그만두는 기준이 이것인가보다. 일을 하면서 받을 스트레스와 일을 그만두면서 받을 스트레스, 이 둘을 비교하는 것.'

　이 둘을 고려한다면 수야는 일을 그만두면 안 되지만 살날이 얼마 안 남은 특별한 상황이라 이 기준이 적용되지 않았다.

　후임으로는 역시나 한량이 온다. 점주가 말해준 것은 아니고 한량이 얼마 전에 들렸었다. 수야가 묻자, 한량은 수야가 편의점 아르바이트를 그만 둘 것이라는 정보를 듣고 다음날 이력서를 들고 왔단다. 점주에게, 수야가 전화 통화하는 것을 들었는데 대학원에 간다고 해서 알게 됐다고 말했고, 자신은 바로 윗동네에 살고 열심히 일할 자신이 있다고 말하고 갔다고 했다.

　점주는 수야에게 아직 말을 못 들어서 그런지 이력서만 받고 별말 없이 한량을 돌려보냈단다. 그리고 며칠 뒤에 연락이 와서 면접 보러 오라고 해서 면접 보고 채용됐다.

일을 그만둘 거면 자신이 한량보다 먼저 점주에게 말했으면 좋았겠다고 생각했지만 이미 지나간 일이었다. 하지만 조금 더 생각하니 자신이 그만둔다고 말한다는 결정을 내리고도 실행에 옮기는데 시간이 꽤 혹은 거의 종말이 다가와서야 했을 것 같아 차라리 잘된 일인 것 같기고 했다.

'마지막이네.'

오늘은 편의점 아르바이트 가는 마지막 날이다. 어제와 한 치 오차도 없는 똑같은 오전인데 기분이 이상하다.

"어서 와요."

점주가 평소처럼 인사한다.

"마지막 날이네."

"… 네…."

"그동안 수고했어."

"… 네."

"대학원 잘 다니고."

"… 네."

"나. 갈게. 수고해요."

"… 네."

어제와 비슷하게 말한 후 점주는 나갔다. 점주가 나가면 마음이 편해지던 평소와 달리 뭔가 불편했다. 친밀하진 않았어도 몇 개 없는 세상 사람들과의 연결 중 하나가

끊어진다고 느껴지니 불안감 비슷한 것이 느껴졌다.

헐겁지만 그래도 돛이라고 내린 것 중 하나가 치워졌다. 편의점에 들르는 손님들이 쳐다보면서 뭔가를 물어보거나 카드를 들이밀고 계산을 요구하면 그에 따라 행동하고 그 행동에 손님들이 반응하면서 인식되던, '사람들과 소통 가능성'이 희박하지만 존재했었는데 이제 그마저도 없어질 것이다. 수야는 이것이 마지막 기회일 것 같아 오늘 오는 손님들을 평소보다 좀 더 열심히 쳐다봤다.

끝나고 편의점 음식들을 챙겨 나오는데 아까보다 기분이 더 이상하다. 내일부터는 이 편의점에 다시 나오지 않는다. 뭔가를 사려고 올 수는 있지만 오기가 꺼려질 것 같다.

수야는 편의점을 나와 집으로 터덜터덜 올라갔다. 현재에게 마지막 편의점 음식들을 챙겨줬다.

다음날 수야는 12시쯤 일어났다. 알람을 안 하고 잤다. 일어나서 어제 가져온 음식들을 먹었다. 그리고는. 딱히 할 일이 없다.

'뭘 하지?'

'뭐 해야 하나?'

수야는 편의점 그만둔 후 며칠 동안 밖을 나가지 않고 원룸에서 보냈다.

" 산책가자 ! "

날씨도 좋은데 운명이가 집에만 있어서 안쓰럽고 미안하다는 현재의 말에 수야는 운명이를 근처 공원에 산책시켜 준다고 했다. 근처 공원이 있지만 수야는 이사 왔을 때 몇 번 가보고 이후 가본 적이 없다.

운명이 산책시켜 준다고 한 것도 현재와 운명이를 위해서도 있지만 수야도 오전 공원의 분위기를 맛보고 싶기도 했다. 그리고 강아지 산책시키는 것도 해보고 싶었다. 수야는 죽기 전에 나름 뭔가 남들이 하는 것 하나라도 더 해보려고 했다.

"나도 오전에 강아지 산책 한번 시켜보고 싶어."

11시쯤 일어나서 현재 집에 들어가 보니 운명이가 수

야를 반긴다. 운명이에게 채울 목줄과 배변 봉투가 가지
런히 책상에 놓여있다. 목줄을 드니 운명이는 산책하러
가는 줄 알고 채우기 편한 자세로 수야 앞에 뒤돌아섰다.
목줄을 채우고 배변 봉투를 바지 주머니에 넣고 나왔다.

운명이는 신이 났다. 미세먼지도 없고 기온도 적당하
다. 사람과 차도 별로 없고 한산하다. 산책하기 딱 좋다.
운명이가 수야를 이끈다.

"어이구. 쪼만한 게 힘도 좋네."

운명이는 공원 가는 길을 아는 것 같다. 자기가 앞장선
다. 공원 쪽으로 막 가다가도 강아지들이 냄새를 묻혀 놓
은 곳에 가면 멈춰 킁킁거린다.

가는 길에 차나 오토바이가 훅 들어올 때도 있어 수야
는 신경 쓰인다. 멀지 않은 공원 가는 중, 이미 진이 다
빠졌다.

공원에 도착했다. 운명이는 정해진 일이 있는 것처럼
바쁘게 공원 여기저기 체크한다. 수야는 운명이만 바라보
며 가고 있다.

'어이구. 힘들어.'

현재가 할 때는 쉬워 보였다. 혼자 산책하는 것보다 지
루하지도 않고 재밌어 보였다. 하지만 생각보다 어렵다.
왼쪽 오른쪽으로 왔다 갔다 하니 줄도 자꾸 꼬인다. 운명
이도 그리 편해 보이지 않는다. 수야가 리드를 못해서 그
런지 운명이도 멈칫하고 수야 눈치를 보기도 한다.

어찌어찌해서 공원에 도착했다. 많지는 않지만 날씨가
좋아서인지 산책하는 사람들이 꽤 있다.

"날씨 좋다."

누구에게 하는 말인지 사람들은 '날씨 좋다!'는 말을 계속하면서 걷는다. 수야는 날씨 좋은 것은 말 안 해도 다 아는데 굳이 입으로 계속 되뇌면서 산책하냐고 속으로 투덜거렸다.

쉬기 위해 벤치에 앉았다. 운명이도 수야 발밑에 엎드려 쉰다.

"아. 힘들어."

"어! 안녕하세요."

앉아서 멍때리고 있는 수야를 보고 누군가 인사한다.

"어?"

동네 한량이다. 아니 이제는 편의점 아르바이트생이다.

"일 안 나가세요?"

수야가 물었다.

"1시부터라서 오전에 항상 여기서 산책하고 들어가요."
. "아…."

"강아지 키우세요?"

"아니요. 그냥 아는 사람 강아지인데 산책시켜 주는 거예요."

"귀엽다."

운명이가 한량에게 애교를 부린다.

"이 동네가 숲세권이라 좋아요."

"어. 네."

"여기 너무 좋아요."

"… 네."

"전 이게 제 정원이라고 생각하고 산책해요."

"지금도 한산하긴 한데 이른 오전엔 사람 거의 없거든요. 일어나서 아침밥 먹고 커피 한잔하면서 여유롭게 이 숲을 거닐면 너무 행복해요."

"그리고 진짜 제 정원도 아니니깐 더 다행이고요."

"이게 제 것이면 관리도 해야 하고 또 아깝기도 하잖아요. 제가 매시간 누릴 수는 없으니."

"누리기만 하는 곳이니 진짜 좋죠."

"아. 그리고 편의점 일 진짜 감사해요."

"아…. 뭐 내가 뭘요."

"집에서도 가깝고 거기 사장님도 좋고 일하는 시간도 제가 딱 원하는 시간대고. 완전 마음에 들어요."

"... 네."

"여기 자주 나오세요?"

"아니요."

"자주 나와 보세요."

"누리는 게 임자죠."

수야는 한량에게 물어보고 싶은 것들이 있었지만 그러면 자신에게도 비슷한 질문을 할 것 같아 입을 다물었다.

" **누**나. 오늘 고마웠어요. "

"아니 뭐 시간도 많은데."

"처음 산책시키는 거라 되게 힘들었을 텐데."

"어. 처음이라 그런가 생각보다 힘들긴 했어."

"저도 처음에는 너무 힘들었어요. 큰 개가 달려들 때도 있었고 오토바이에 운명이가 치일 뻔한 적도 있어요. 아. 그리고 운명이 잃어버릴 뻔한 적도 있고요."

"진짜?"

"네. 운명이 목줄을 잠깐 놓고 똥 치우고 있는데 어디로 막 뛰어가는 거예요. 깜짝 놀라 저도 쫓아갔는데 바로 사라졌어요. 여기저기 한참을 찾으러 돌아다녔는데 못 찾았어요. 운명이 잃어버렸나보다 어쩌지 하면서 집으로 들어가는데 여기 원룸 1층에 떡하니 엎드려 있었어요. 이 자식."

"운명이는 집으로 오는 길을 알고 있어서 먼저 왔더라고요."

"운명이는 항상 제대로 찾아왔어요."

"처음에 산책할 때 운명이만 보면서 산책했거든요. 그러니깐 너무 힘들었어요. 산책시켜 주는 '일'을 하는 것 같고 그랬는데 운명이만 쳐다보면서 걷지 않고 그냥 제가 앞서 천천히 걸어가니깐 운명이도 당연하다는 듯이 옆에서 따라왔어요. 마음도 편해지고 산책을 즐기게 됐어요."

"이제 강아지 프로네. 프로야."

"아유. 뭘요."

"아. 그리고 현재야."

"누나가 일 그만두니깐 음식을 못 챙겨주네."

"아이고. 아니에요. 그동안 너무 감사했어요."

"그리고 누나 대학원 준비로 바쁘실 텐데 오늘 운명이까지 산책시켜 주고."

"아니…. 뭐 준비할 건 없어."

"바쁘지 않아."

" 2시네. "

오후 2시다. 수야는 요즘 2시쯤 일어난다. 전보다 유튜브 보는 시간이 늘었다. 새로운 것을 보기보단 봤던 것을 또 보는 것 같다. 배가 고파 뭔가 먹어야 하는데 먹을 것이 없다.

항상 편의점 음식이 있었는데 이제는 아무것도 없다. 너무 늦게까지 누워있으니 머리도 무겁고 몸도 찌뿌둥하다.

편의점을 그만두고 7월이 없어졌다. 벌써 8월이다. 한 달에 82만 원씩 빠지는 보증 빚과 월세, 생활비가 걱정이다. 7월, 8월 두 달은 통장에 있던 돈을 긁어모아 버틸 수 있지만 그 이후가 문제다.

9월부터 넉 달은 보증금을 빼고 사용해야 한다. 모텔비를 하루에 2만 원으로 잡으면 한 달에 벌써 60만 원이다. 240만 원이 빠진다.

'아르바이트 한 달만이라도 더 할걸.'
'일 년은 너무 길었어.'
'일 년 정할 땐 여행도 가보고 뭔가 해보려고 했는데 돈이 없으니 아무것도 할 수가 없다.'

배가 고파 뭔가를 먹고 싶다. 어제 유튜브에서 본 매운 갈비찜을 먹고 싶다. 하지만 돈을 쓸 수가 없다.

'라면이나 사 오자.'

옷을 주섬주섬 주워 입고 물로 입을 헹군 후 나왔다. 가까운 편의점인 수야가 아르바이트했던 곳 말고 길 건너 안쪽에 있는 먼 곳으로 간다. 그곳의 편의점은 수야가 일하던 곳보다 크기는 훨씬 컸지만 뭔가 살만한 것이 없었다.

집에 와서 라면을 끓여 먹으니 4시다. 하루가 빠르게 대충 간다. 남은 일 년이 드라마틱한 삶일 것 같았는데 드라이한 삶이다. 버티기에 일 년은 너무 길다.

부동산에는 말해 놨다. 집주인이 까탈스럽지 않아 지금까지 월세를 올리지 않고 서로 딱히 별말 없이 자연스럽게 2년씩 재계약이 됐다. 원래는 재계약이 된 상태라 부동산중개료를 내야 하지만 부동산에서 괜찮다고 했다. 오랫동안 산 세입자인 수야가 급히 나갈 이유가 있었을 거라 이해해 주며 또한 내놓자마자 바로 나가 집주인과 이 원룸을 관리하는 부동산에서 괜찮다고 했다.

'그러고 보면 집주인도 괜찮고 가격 대비 나쁘지 않았는데.'

'여윳돈이 있었으면 굳이 보증금을 빼지 않아도 됐는데….'

'로또를 사 볼까?'

'아니지. 로또 살 돈이나 버리지 말자.'

이제 조금씩 짐을 버려야 한다. 이사 갈 장소가 있는 것도 아니고 게다가 곧 죽을 것이기 때문에 짐을 버려야 한다. 수야는 오늘부터 짐을 버릴 계획이다. 라면도 먹었으니 시작해볼까 한다.

" 이것도 버리자！"

커다란 종량제 봉투를 세 개 사 왔다. 대부분 옷이다. 헌 옷 수거하는 곳에 넣기에는 미안하다. 이것들을 가지고 수거통까지 가기도 쪽팔린다. 옷이 많은 것도 아닌데 처음 이곳에 가지고 온 것들부터 아무것도 버린 것이 없으니 천 쓰레기들이 널렸다. 떨어진 속옷이나 수건, 그리고 더 이상의 여름은 없으니 티셔츠 한 벌 빼고 여름옷도 필요 없다.

정리라기보다 버리지 않을 몇 가지를 한쪽에 빼놓고 나머지를 쓸어 담았다. 지금 입은 속옷, 티셔츠와 반바지 그리고 잘 때 입는 후줄근한 티셔츠와 파자마 이외에, 긴 팔 두 벌, 긴 바지 한 벌, 겨울 잠바 한 벌 그리고 속옷 각각 한 개씩 빼고는 모두 버렸다.

푹 꺼지고 냄새나는 베개에 얼굴을 묻고 킁킁거려 봤

다. 냄새가 안 좋다. 이사 가기 전까지 이십일 정도 남았지만 모두 버리고 싶다. 8월은 춥지도 않고 이불도 필요 없어 커다란 종량제 하나에 이불과 베개를 모두 꾹꾹 눌러 담았다. 두꺼운 이불은 없다. 겨울에는 이불을 겹쳐 덮고 잤었다. 봉투를 단단히 묶고 옆에 놨다. 원룸에 냄새가 안 난다.

수야는 그동안 잘 씻지 않는 사춘기 소년의 꽉 잠긴 방에서 나는 쿰쿰한 냄새가 이불과 옷이었음을 알았다. 냄새까지 종량제 봉투에 담아져서 방이 조금은 쾌적해졌다. 몇 개 없는 그릇과 숟가락, 냄비 등 싱크대 쪽에 있던 물건들을 싹 쓸어서 일반 봉투 몇 개에 나눠 넣었다.

싱크대 가장 아래 칸을 열었다. 서랍처럼 사용했던 이곳엔 대학교 때 사용하던 종이와 볼펜 이사 올 때 가지고 온 어렸을 적 사진들이 있다. 몇 개 없는 사진들을 버리기 전에 쭉 훑어봤다. 꽃문양 노란색 원피스를 입고 웃고 있는 어린 시절 사진이 있다.

'이때는 치마 입었었네.'

촌스러운 것은 지금과 똑같은데 환하게 웃고 있다. 머릿속에 없었는데 사진을 보니 기억난다.

사진 속 어린 수야는 웃고 있다. 환하게. 수야는 사진들을 모두 버리기 전에 한참 쳐다봤다.

남은 것들을 원룸에서 종량제 봉투로 옮겨 담았다. 종량제 봉투 세 개를 하나씩 1층에 갖다 놓고 올라왔다. 쿰

쿰한 냄새가 안 난다. 휑해지니 더 좁아 보인다.

커다란 가방에 남긴 옷들을 담았다. 이곳에 이사 올 때 가지고 온 가방이다. 여행 가방 같지는 않지만 그렇다고 학교 갈 때 가지고 다니기에는 큰 가방이다.

가구나 가전이라 할 것은 붙박이장이어서 소형 냉장고밖에 없다. 줘도 안 가질 냉장고라 스티커 붙여 버려야 한다. 세탁기는 일 층에서 공용으로 사용했다. 방을 이미 뺀 것처럼 정리를 끝냈다. 오늘은 뭔가 한 것 같아 뿌듯하다. 베개와 이불이 없어 가방을 베고 누웠다.

이제 씻으려고 욕실로 왔다. 아까 비누 하나 빼고 다 버려서 비누로 머리를 감았다. 수건은 걸려있는 이게 다다. 닦고 나서 빨아 욕실에 걸어놓았다.

한쪽에 커다란 짐이 있고 방은 비어 있다. 여행 온 사람 같다. 힘겨웠던 이 세상의 여행도 곧 끝이 난다. 이 세상을 떠난다는 것이 체감된다. 얼굴에 핸드크림을 바르고 누워 유튜브를 켰다.

" **오**늘이 마지막이네요. "

현재가 아쉬워한다.

"누나가 자주 놀러 올게."

"어디로 가시는 거예요?"

"어…. 서울"

"아쉽긴 하지만 그래도 잘된 거죠. 그렇죠?"

"어…. 뭐…. 그치."

"띵 똥!"

그때 벨이 울렸다.

"어? 누구야?"

"아. 잠시만요."

"배달 왔습니다."

"어? 뭐야?"

"제가 맨날 얻어먹어서."

"이거 비싸던데."

현재는 떡볶이를 배달시켰다.

쟁반에 떡볶이와 젓가락, 앞 접시 두 개, 단무지와 배달 떡볶이집에서 준 쿨피스를 챙겨왔다. 운명이도 신이 났다.

"넌 못 먹어."

현재가 운명이를 보고 말한다.

수야도 유튜브에서 보고 배달시켜 먹었던 떡볶이다. 그때는 맛이 없어 거의 다 버렸는데 이번엔 맛있다. 너무 맛있어서 유튜버들이 먹었던 것처럼 허겁지겁 많이 먹었다.

둘이 함께 먹어서 그런지, 아니면 떡볶이집 주인이 바뀌었는지 모르겠지만 이번에는 아주 맛있었다.

"현재야!"

"네?"

"만약 내일이 지구 종말의 날이면 넌 오늘 뭐 할 거야?"

"음…."

"사과주스 만들어 먹을래요."

"사과주스?"

"네."

"왜?"

"제가 사과 젤 좋아하거든요. 특히 사과즙을 내서 시원하게 마시는 걸 되게 좋아해요."

"어."

"그래서 사과주스 먹으려고요."

"아…."

"가장 비싼 사과를 사서 박박 씻은 후에 믹서기에 갈아요. 그리고 맛 첨가 안 된 탄산음료를 넣고 얼음을 몇 개

넣은 다음 제가 좋아하는 음악 재생해 놓고 마실 것 같아
요."

"다른 건?"

"밖에 나가서 운명이랑 산책 같다 오고 친구들이랑 연
락하고. 음…. 그리고 PC방 가서 오락 몇 판 한 다음 코
인노래방에서 혼자 노래 실컷 부르고 싶어요."

"누나는요?"

"어?"

"어…."

수야는 뭐라도 말하고 싶은데 할 말이 없다.

"글쎄."

할 말이 없던 수야는 말을 돌렸다.

"나도 사과 좋아하는데."

"아빠가 그랬는데, 몸에 잘 맞으면 좋아하게 된대요."

"컨디션이 안 좋을 때 며칠 밥양을 줄이고 밥 먹고 나
서 사과 먹으면 괜찮아지거든요. 사과가 제 몸에 잘 맞는
것 같아요."

"사람도 서로 잘 맞아야 좋아하게 되는데, 음식도 똑같
다고 했어요."

"누나도 사과 좋아하는 거 보면 사과가 몸에 맞나봐
요."

"그런가 보다."

현재와 실컷 이야기하다 집으로 들어왔다.

'그 누구도 나를 좋아하지 않았던 것은 나는 어디에도
도움이 안 되는 존재였어.'

'뭐….'

'그건 맞지.'

오늘이 이 원룸에서 자는 마지막 날이다. 내일 오전에 부동산에서 들른다고 한다. 이번 달 공과금은 어제 다 정리했다. 보증금은 이미 받았다. 원룸 체크하면 나가면 된다.

'열 시쯤 온다고 하는데 못 일어나면 어쩌지. 내일 갈 때도 없어서 지금 푹 자놔야 하는데.'

늦게 자던 버릇이 있어 잠이 안 온다. 게다가 내일을 생각하니 긴장돼서 잘 수가 없다.

'자야 하는데.'

유튜브를 보다 새벽에 잠깐 잠을 자고 알람 소리에 깼다. 이를 닦고 칫솔의 물기를 휴지로 닦고 치약과 칫솔을 비닐에 넣어 가방에, 그리고 거의 다 쓴 비누는 변기에 넣었다. 어제 빨아 널은 속옷도 개어 가방에 넣었다. 옷을 갈아입고 마지막으로 잠옷과 충전을 끝낸 핸드폰과 충전기를 가방에 넣고 나니 이제 나갈 준비가 끝났다.

부동산에서 왔다.

"짐은 벌써 다 옮겼어요?"

"어…. 네."

가방을 들고나왔다. 걱정도 되지만 아무것도 없다는 것이 자유롭기도 하다. 잠을 자고 음식을 섭취해야만 하는 것만 아니면 인간으로 태어나 돌멩이처럼 사는 것이 가능하겠다는 생각이 든다. 통장의 500만 원 때문인지 지금으로서는 돈 걱정도 안 된다.

'까짓 넉 달만 버티면 되는데. 뭐.'

딱히 갈 데가 없다. 무작정 지하철을 탔다. 우선은 여기를 떠난다고 했으니 떠나야 한다. 서울로 갈 생각이다. 지하철 타는 것은 오랜만이다. 수야는 지하철 밖을 쳐다보면서 오니 아무 생각이 안 나서 마음이 편해졌다.

서울역에서 내려 밖으로 나왔다. 식당들이 즐비하다. 빵집이 눈에 띈다. 빵을 먹고 싶지만, 비쌀 것 같아 들어가지 않았다.

수야 동네보다 이것저것 뭔가 많다. 모텔만 생각했는데 피시방이나 찜질방도 널렸다. 역시 도시로 나오니깐 생각이 넓어진다. 찜질방은 싼 곳은 야간 9,000원 정도면 된다. 돈을 아낄 수 있을 것 같다.

수야는 계산을 해봤다.

'500만 원에 그동안 예금 쓰고 남은 것을 합치니 520만 원 정도 있어. 330만 원 보증 빚으로 빠지면 190만 원으로 넉 달을 살아야 한다. 한 달에 대략 47만 원.'

'그러면 핸드폰 요금이랑 건강보험료 빼면, 아. 건강보험료는 어떻게 되는 거지? 이제 집이 없으니 무연고자가 되는 건가, 아니면 엄마 집으로 자동으로 주소이전이 되나? 모르겠다. 아무튼 이런 거 빼면 하루에 14,000원 정도 쓸 수 있으려나.'

'찜질방 요금이랑 교통비, 삼각김밥 두 개 먹으면 끝나겠다.'

'……'

'이럴 거면 뭐 하러 나왔나….'

'그 한량 때문에…. 씨….'

'아니다. 죽기 전날까지 편의점 알바하나, 길에서 굶어 죽나 비슷하다.'

'돈 없이 버티기에 일 년은 너무 길었어.'

돈을 못 쓰니 거리의 음식들이 더 애절했다. 지구의 운명을 결정한 대단한 인물이 길거리에서 파는 저 와플 하나 못 먹어서 안절부절못하고 있다. 수야는 기가 막혔지만 그렇다고 어쩔 수 없는 노릇이다.

'어차피 죽을 건데 정 안되면 배고파 죽으면 되지. 먹을 것이 아무것도 없으니 죽을 수밖에 없을 거잖아.'

'그래. 인생 얼마 안 남았는데 차라리 먹고 싶은 거 먹다 죽자!'

수야는 정 안 되면 그날이 오기 전에 죽을 각오를 했다. 그리고 힘주어 외쳤다.

'와플 하나 주세요.'

서울역에 있는 쇼핑센터 구경을 했다. 쇼핑도 뭔가 살 계획이 있는 사람이나 관심이 가지 아무것도 사지 않을 수야에게는 흥미가 생기지 않고 다리만 아프다.

잠도 잘 못 자고 커다란 가방을 들고 사람들 틈을 정처 없이 돌아다니니 이승을 떠나지 못하는 귀신같다. 하루가 너무 길다.

근처 찜질방으로 갔다. 좋아 보이는 곳은 비쌀 것 같아 허름한 곳으로 골랐다. 가방이 커서 잘 안 들어간다. 보관함에 구겨 넣었다. 옷이라 힘을 줘서 밀어 넣으니 들어 갔다. 겨울 잠바가 부피를 키운다. 물을 실컷 마셨다. 하루 종일 와플 하나 먹었더니 배가 고프다.

핸드폰 충전을 하고 구석진 곳에 자리를 잡았다. 초저녁이라 자는 사람은 없다. 대신 뭔가 먹고 있다. 텔레비전이 켜져 있어서 그 앞에 앉았다. 몸이 노곤하다.

" **내**일은 어쩌지 ? "

대책은 없는데 잠이 온다. 이 시간에 자 본 적이 없는
데 잠이 온다. 일어나 충전하고 있던 핸드폰을 챙겨 보관
함에 넣고 자신을 충전하기 위해 구석에 웅크리고 누웠
다. 잠이 온다. 이 잠이 영원한 잠이었으면 하는 상상을
한다.

수야는 자는 도중 몇 번 깼다. 처음 깼을 때는 잠이 덜
깨서 이곳이 순간 원룸이라고 생각했고 원룸이 아니라고
깨달았을 때 잠이 확 깼지만, 다시 눈을 감았다. 몇 번
깬 것은 사람들 때문이라기보다 배가 고팠다. 그래도 그
냥 누워 있었다. 누워 있으니 바로 잠이 들었다.

이른 시간인데 사람들이 일어났다. 수야도 분위기에 맞
춰 일어났다. 찜질방에서 씻으니 원룸에서 씻은 것 보다
깔끔해졌다.

'깨끗하게 죽겠다.'

머리를 말리고 물을 마신 후 겨울 잠바 때문에 부피가
커진 가방을 들고나왔다. 어제보단 막막한 느낌이 덜하다.
이곳의 기운을 하루 동안 체감해서인 듯하다. 특별히 갈
곳이 없어 별생각 없이 걷다 보니 지하철이다.

수야는 지하철을 타고 명동에서 내렸다. 관광객들이 많

이 모여 있어 어수룩함이 감춰지는 곳이라 생각했다. 뭐든지 많다. 사람도 많고 건물도 많다. 길거리 음식들도 많다.

'살날이 한 달밖에 안 남았으면 저거 다 실컷 먹을 수 있는데.'

길거리 음식이 코와 눈을 잡는다. 수야는 꾹 참았다.

"남은 몇 달을 노숙자 체험하다 끝나겠네.".

길에 앉아서 밖에 버스들이 가는 것을 하염없이 지켜봤다. 큰 가방을 가지고 의자에 앉아 있어도 이곳의 분위기는 어색하지 않다. 그러다 지나가는 버스의 카드 광고가 눈에 띄었다.

'아! 그래 카드 쓰면 되지!'

'게다가 나는 카드 빠지는 날이 달 초로 매달 5일이니깐 12월 6일부터는 막 써도 되겠다. 내년 카드값은 안 갚아도 되잖아. 내가 얼마까지 사용할 수 있는지 알아보고 최대한 다 써야지.'

'와! 카드 쓰는 맛이 이런 거구나. 미리 당겨쓰는 맛!'

'그럼, 석 달을 이 돈으로 버티면 된다. 한 달에 63만 원쯤 쓸 수 있다. 하루에 2만 원도 넘게 쓸 수 있어!'

수야는 희망을 느낀다. "찜질방 비용 9,000원을 제외해도 11,000원 정도 쓸 수 있어!"

'돌아다니다가 가장 먹고 싶은 거 먹자.'

수야는 식당 여기저기 둘러보다 칼국수 집에 들어가 칼국수를 맛있게 먹었다.

9월이 지나갔다. 다행이다. 계획했던 것보다도 돈이 더 남았다. 12월은 갚지 않을 카드로 생활할 것이니 두 달만 살면 된다. 9월보다 풍족하게 살 수 있다.

그래도 10월은 좀 아껴야 할 것 같다. 수야는 찜질방에서 생수병에 물을 담아 나와 편의점에 들어갔다.

삼각김밥을 돈 주고 사는 것이 처음엔 너무 아까웠는데 이제 적응이 됐다. 삼각김밥을 하나 사서 근처 공원으로 갔다. 공원에 있는 사람들이. 시간대 때문인지 아니면 원래 그런 건지 평균 나이가 팔십이 훌쩍 넘어 보인다.

구석의 사람 없는 곳으로 가서 삼각김밥을 먹었다. 바람이 선선하게 분다. 눈을 감으니 바람이 더 느껴진다.

'죽음이 이런 거였음 좋겠다.'

" **위**잉~ "

전화기 진동이 울린다. 엄마다. 내키지 않지만 받았다.

"어. 왜."

"엄마가 어제 계단에서 넘어져서 발목에 금이 갔어."

"어."

"이틀 정도 휴가 낼 수 있어?"

"안 돼."

"사장님한테 엄마가 입원했다고 말하고 이틀 정도 빼

봐."

"이틀 못 빼. 그럼, 일 그만둬야 해."

"그러면 엄마 혼자 입원해 있냐?"

"일 그만두면 빚 엄마가 갚을 거야?"

"엄만 너 보다 많이 갚고 있어. 어떻게 네 그것까지 엄마가 갚냐?"

"이게 왜 내 거야?"

"엄마가 딸한테 사기 친 거잖아. 엄마 책임인데 내가 지금까지 갚아줬잖아!"

수야는 목소리가 점점 커졌다.

"자식이 돼서 그 정도도 못 해줘? 어?"

"어. 못 해줘. 나니깐, 병신 같은 나니깐 해 주는 거야!"

수야는 손에 꽉 쥔 삼각김밥 먹은 비닐 쓰레기가 눈에 보인다.

"나도 그 빚 아니면 더 살 수 있었을지 몰라. 이게 다 엄마 때문이야."

"……"

대꾸가 없다. 미안해서 말 못하는 것 같다. 수야는 울컥해졌다. 울컥한 기분에 소리 높여 다시 한번 더 말했다.

"이게 다 엄마 때문이야!"

소리치니 울컥함이 더 올라온다. 눈이 시리다.

"씨…."

여전히 대꾸가 없다.

"……"

"어?"

"여보세요."

"……"

전화가 끊어졌다. 끊긴 건지 끊은 건지 알 수 없다. 그리고 언제 끊어진 건지도 알 수 없다. 생각해 보니 바로 끊은 것 같다. 울컥했던 것이 화로 바뀌고 이내 짜증으로 내려앉았다.

한참을 앉아 있었다. 그래봤자 수야가 편의점 아르바이트할 때 일어나던 시간이다. 가방을 무릎에 놓고 몸을 낮춰 턱을 괴었다. 이제 이 가방은 방석의 용도로 더 많이 쓴다.

가방에서 반소매와 반바지와 잠옷과 수건은 다 버렸다. 찜질방이 좋은 게 잘 때 입는 옷과 수건이 있다.

'잠바를 입을 정도로 추워지면 가방이 훨씬 가벼울 텐데. 겨울이 빨리 왔으면 좋겠다.'

버스를 타고 종착역까지 가보기도 하고 종로의 시장들을 구경하기도 했다. 재미가 없다. 잘 꾸며진 카페도 들어가 봤다. 사람들이 이런 곳에 뭘 보고 즐기러 오는지 모르겠다. 그래도 세상 사람들 틈에서 살아본 것 같다. 10월도 끝나간다. 내일이면 11월이다. 하루하루 지나가니 마음이 편해진다.

수야는 마지막 달인 12월을 계획했다.

'서울 고급 호텔에서 일박해 봐야지. 찾아보니깐 국내 최고 대기업 계열인 S 호텔이 고급이던데 거기서 일박하고 12월 마지막 날 해돋이 보는 여행 패키지 상품을 사서, 내년의 해를 보려는 희망에 부푼 사람들과 지구의 종말을 함께 할 거야.'

" 뭐, 별거 아니네. "

서울에서도 고급 호텔이라는데 들어가 보니 그냥 예전 수야 원룸만 한 방이다.

'1인 실이라 그런가?'

'이거 먹어도 되나? 어…. 아니지. 그러다 돈 내라고 하 면 어쩌지? 그냥 내버려 두자.'

가방을 놓고 침대에 누웠다. 이불이 푹신하다. 그래도 누군가 자신을 위해 정돈해 놓은 깨끗하고 푹신한 이불 위에 밖의 때가 묻은 상태로 누워도 된다는 사실이 '호 텔' 같다.

'조용하다.'

일어나 앉았다. TV가 보여 틀어봤다. 공중파만 나와 볼 것도 없다. 비싼 돈 내고 왔는데 그냥 이 방안에만 있 을 수 는 없다. 수야는 핸드폰만 챙겨서 나왔다.

로비를 돌아다녔다. 화장실이 고급스럽다. 조명도 뭔가 다르긴 하다. 호텔 밖으로 나가니 한 무리의 중국 사람들 이 있다. 그들이 가는 방향으로 따라갔다.

'면세점이네.'

들어가지 않고 서성거리다 호텔 산책로를 걸었다. 수야 앞에 걷고 있는 가족 여행을 온 사람들이 있다.

"와! 여보, 하늘 좀 봐."

"날씨 진짜 좋다."

"이 길 좋네."

"아빠, 진짜 좋아요."

"여기 정말 좋다!"

계속 '좋다'를 남발하며 자신에게, 그리고 서로에게 확신시킨다.

'뭐야. 좋다는 것도 세뇌해야 하는 건가? 좋으면 좋은 거지 꼭 저렇게 말로 좋다고 해야 좋은 줄 아나? 저렇게 말하게 되니깐 요구하게 되잖아. '좋아요'를 안 하면 안 좋은 건가 하고 불편해지니깐.'

'이게 '좋아요'을 요구하는 사회가 되는 거야. 저 사람들도 이게 진짜 좋아서 좋은 건지 '좋아야 해서' 좋은 건지 헷갈릴걸.'

' '정말'을 안 쓰면 진실이 아닌 건가 하고 '정말'도 많이 쓰잖아. 꼭 '팩트'라고 말하지 않더라고 거짓말 아니면 다 팩트인 건데 뭐 그리 '정말' 들을 남발하는지.'

'공감하기보다 공감받으려 하는 것에 집중하는 것도 웃겨. 자기들 생각만 생각인 줄 안다니깐.'

수야는 한 템포 쉬었다가 그들과 거리가 멀어지자 다시 걷기 시작했다. 걷고 있는데 펜스가 둘러싸인 바로 옆의 길로 사람들이 걸어간다. 강아지와 함께 산책 나온 사람도 있고 등산객 차림도 있다. 동네 사람이거나 등산 온 사람들 같다.

'호텔에서 이 산책로가 제일 마음에 드는데 굳이 돈 내지 않아도 이 길을 갈 수 있네. 게다가 저쪽으로 가는 길

이 더 멀리, 높이까지 갈 수 있잖아.'

수야는 산책로를 걷고 밖으로 나왔다. 도심에 있는 호
텔이라 그런지 밖으로 나오자 익숙한 서울이다. 앞에 커
다란 체육관이 있지만 오늘은 경기가 없어 주변이 한산하
다.

'다시 호텔로 들어갈까? 그래. 비싼 돈 내고 왔으니 호
텔 체험을 더 해야지. 밖에만 있다 잠잘 때 들어가면 찜
질방이랑 뭐가 달라?'

호텔로 다시 들어갔다. 로비를 왔다 갔다 해보고 호텔
방에도 다시 들어가 봤다. 갑갑해서 다시 나왔다.

'배고프다.'

점심은 잘 먹고 이따가 저녁은 가볍게 먹을 생각이다.
호텔 예약이 조식 포함이기 때문이다. 수야는 내일 호텔
뷔페가 기대된다.

주변 식당에서 백반으로 점심을 먹고 호텔로 들어갔다.
하지만 뭘 해야 할지 모르겠다.

'누려보지 않아 그런가?'

'같이 누릴 사람이 없어 그런가?'

'아니면 세상을 누릴 수 없게 태어난 건가?'

'음….'

'셋 중 정답이 뭐든 불쌍한 인생이네.'

호텔에 누워 있으니 자꾸 원룸이 생각난다.

'그러고 보면 거긴 진짜 조용했는데. 사람들이 대부분
직장인이고 혼자 살아서 조용하고 층간 소음도 없고.'

'근데 여기 이불 되게 좋다. 푹신푹신하고.'

수야는 좋은 점은 누려봐야 호텔값을 뽑을 것 같아 침대 위에서 뒹굴뒹굴하며 계속 이불을 이리저리 몸에 둘러봤다.

'좋다!'

'진짜 좋다!'

뒹굴뒹굴하니 기분이 좋아졌다.

'사람들이 내가 '그 사람'이라는 것을 알면 나를 어떻게 대할까?'

'나를 보고 싶고 막 나와 이야기하고 싶고 그러겠지?'

'외계인이 선택한 사람이 바로 나라고 세상 사람들에게 텔레파시라도 해 줬으면.'

상상하니 기분이 좋다. 씻기라도 할까, 하고 욕실로 들어왔다. 찜질방에서 더 잘 씻을 수 있어 대충 세수만 했다. 오랜만에 스킨과 로션을 넉넉히 발랐다. 그리고 유튜브를 열어 먹방을 켰다.

'맛있다'를 연발하며 먹는 유튜버를 보며 수야도, '맛있겠다'라고 공감했다. 집중해서 보고 나서 '좋아요'의 공감 버튼을 눌렀다.

'아. 잘 잤다.'

푹신하고 조용하고 온도도 적당해서 오랜만에 푹 잤다. 대충 씻고 식사하러 나왔다.

좋은 음식들이 쫙 깔려있다.

'세상에 이렇게 많은 맛있는 음식들이 있는데 오늘 먹고 가네.'

세상을 떠나는 자신을 위해 차린 음식 같다. 수야는 원 없이 먹고 싶다. 세상을 누리는 마지막 방법으로 맛있는 음식 먹고 가는 것밖에 없는 자신에게 실컷 먹게 하고 싶다.

안내해 준 자리에 앉았다. 후줄근한 티셔츠 차림이 눈에 띄지 않는다.

'호텔 뷔페가 이런 게 좋네. 좋은 식당에 초라한 내 모습으로 혼자 들어가는 것은 창피해서 못 하겠던데 여긴 다들 편안하게 오네. 자다 깨서 바로 나와 혼자 실컷 먹어도 어색하지 않다.'

'뭐 이미 비싼 호텔 숙박을 한 사람들이라는 전제가 있어서 겉모습은 그 사람의 판단기준이 아니어서 편안하게 내려오는 것도 있겠지.'

수야는 자리에서 일어나 음식 쪽으로 다가갔다. 맛있는 음식이 즐비한 것을 보니 신이 난다.

'뭘 먹어볼까?'

접시에 이것저것 담았다. 접시에 잔뜩 담아 자리에 왔다. 하나라도 더 담으려고 꾹꾹 눌러 담다 보니 서로 다른 음식들의 소스가 섞였고 따뜻한 음식과 찬 음식도 뒤엉켰다. 하지만 수야는 너무 맛있다. 다시 일어나 음식을 가져오니 빈 접시는 치워져 있다.

수야는 이제껏 태어나서 먹은 음식 중에 오늘 먹은 것들이 가장 맛있었다. 고기도, 스파게티도, 초밥도. 모두 다 편의점 냉동 음식들과 비교도 되지 않았다.

종일 있고 싶지만 그렇게는 안 된다. 시간이 제한적이다. 그리고 코끼리가 아니기 때문에 먹을 수 있는 양도 제한적이다. 음식이 다양해서 어차피 다는 못 먹어본다.

뷔페를 처음 와 본 수야는 신이 났다.

'삶도 뷔페 같았으면 좋겠다. 세상의 것을 조리해서 눈앞에 펼쳐 놓았으면 좋겠다. 무한정하지도 않고 이렇게 약간 움직이다 보면 눈에 보일 수 있는 정도로 말이다. 그렇다면 뭐가 있는지 선택할 수 있을 것이다. 삶에서 뭐를 먹고 싶냐고 묻는다면 뭐가 있는지도 모르니, 말할 수도 없다. 하지만 이렇게 선택을 보여 준다면 고를 수 있다. 그리고 무엇보다 중요한 건 이 뷔페에 들어와 누릴 수 있어야 한다는 것이다.'

'현재도 이런 곳에 와서 실컷 먹었으면 좋았겠다. 다음에 또 오고 싶다.'

'어! 처음으로 다시 해보고 싶은 일이 생겼네. 끝나갈 때 되니깐….'

배가 많이 부르지만, 포크가 내려놔지지 않는다. 수야는 커피와 케이크를 마지막으로 먹고 뷔페를 나왔다. 씻고 나오기 전에 방을 둘러봤다. 하룻밤 잔 곳인데 나오자니 아쉬웠다.

'이게 세상에서의 처음이자 마지막 누림인가.'

체크아웃했다. 할 일은 없지만 지난달 보다 훨씬 마음이 편하다. 시간이 다 끝나가서 그런 건지 아니면 쓸 돈이 넉넉해서 그런 건지 모르겠다. 생각해 보니 후자가 이유지만 후자의 원인이 전자였다.

'삶이 끝나가니깐 쓸 돈이 넉넉해진 거네. 사람들도 무한정 살 것처럼 생각하니 돈, 돈 하는 거야.'

머리를 묶다 머리 끈이 끊어졌다. 바람에 날리니 머리가 산발이 됐다. 긴 칼만 들면 망나니 코스프레다. 하지만 차가운 바람이 항상 꽉 묶어놓아 통풍이 안 되던 머리 피부에 닿아 기분이 상쾌하다. 수야는 그렇게 바람이 머릿속으로 들어오도록 놔두었다.

수야는 내일모레 미장원에 갈 계획이다. 연례행사보다 덜 가던 미용실이다. 수야는 미용실에 가는 것을 극히 꺼렸다. 꾸밀 필요도 못 느끼고 돈도 풍족하지 않았지만, 무엇보다 미용사에게 자신의 추리한 머리를 보이는 것이 창피했다. 돈을 내고 받는 서비스임에도 흉측한 머리카락을 미용사가 만져야 하는 것이 송구스러웠다.
그리고 자신이 미용실 문을 나가면 그 안에 있던 미용사들이 참았던 웃음을 터뜨리며 수야의 외모를 지적할 것 같았다.

그래서 머리가 너무 길면 사람들이, "저런 머리카락을 뭐 좋다고 치렁치렁 길었냐. 아휴 답답해 보여." 이런 말이 나올지 봐 걱정될 때쯤 미용실에 갔다. 하지만 세상의 마지막에서 정돈된 모습으로 서고 싶다.

마구잡이로 걷다 머리 끈을 하나 사서 질끈 묶은 후 무작정 오는 버스를 탔다. 서울, 아니 지구에 관광 온 외지인 같다. 점심시간이 한참 지나니 실컷 먹었던 아침 뷔페도 꺼졌다. 출출한 느낌이긴 하지만 괜찮다. 집을 나온 이후 자신이 식충이로 느껴질 만큼 먹는 생각만 났는데, 먹는 것에 대한 집착이 사라졌다.

'찌는 듯한 열기에 잠깐 들어간 카페의 차가운 에어컨 바람이 여름을 나게 하고, 엄동설한의 매서운 한기에 잠시 담갔던 뜨거운 물이 겨울을 버티게 해 주는 거지. 힘들기만 하면 참을 수 있는 한계가 빨리 와. 한 번쯤은 욕구를 해소해 주어야 삶을 나는 거야.'

수야는 지하철 근방의 찜질방으로 들어갔다.

" **역**시 서울이다. "

　머리를 자르고 드라이를 해 주니 말끔해졌다. 머리를 풀었는데도 망나니 같지 않다.

　'역시 서울 미용실이라 잘하네.'

　'내 머리도 이런 정도까지 만들 수 있었던 거네. 몰랐는데….'

　머리가 가볍고 몸도 가볍다. 가방도 버렸다. 이제 수야에게 남은 것은 입고 있는 이게 전부다. 수야가 입고 있는 옷, 그리고 잠바 안 주머니에 있는 충전기와 손에 들고 있는 핸드폰이 수야에게 남은 전부다.

　밖으로 나와 머리가 마음에 들어 어두운 유리에 자꾸 들여다본다. 열심히 드라이해 준 머리가 아깝다. 사진관이 눈에 띈다. '사진 즉시 인화'라고 붙어있다. 수야는 증명사진을 찍으러 들어갔다.

　"증명사진 찍으려고요."

　"어디 쓰시게요?"

　"어…. 여권 사진이요."

　"아. 네. 잠바는 벗으실 거죠?"

　"네."

　"어디 가세요?"

"프랑스요."

"어유~ 좋겠다."

사진사가 약간의 포토샵까지 해 줬다. 수야가 지금까지 살면서 본 자신 중 가장 멀쩡하다.

'잘 나왔네.'

수야는 사진을 한참을 쳐다봤다. 마음에 든다. 사진을 무릎에 놓고 양손 검저 손가락으로 시옷자를 만들어 사진 위에다 올려놔 봤다. 사진이 달리 보인다. 구겨지지 않도록 사진을 정리해서 잠바 속주머니에 잘 넣었다.

말끔한 모습이라 누구라도 만나고 싶다. 하지만 만날 사람도 없다. 수야는 지하철을 탔다.

" **삼** 개월 반만인가. "

수야는 예전에 살던 동네로 왔다. 맞은편 길에 서서 수야의 일터였던 편의점을 바라봤다. 새롭다.

오랜만이라서가 아니라 이 자리에 서서 편의점을 본 적이 없다. 편의점 안이 보인다. 자기와 달리 생글생글 웃으며 손님들을 대한다.

'사장이나 손님 모두에게 저 사람이 하는 게 더 나았네.'

'뭐 나보다 나은 건 당연하겠지만.'

'어!'

그때 한 무리의 사람들이 편의점 옆 건물에서 나온다. 아는 얼굴 둘이 보인다. 편해영과 이중수다.

'그간 못 봐서 그런가? 멀어 보인다. 편의점에 자주 올 때는 친근한 느낌이 있었는데 그 느낌이 없어졌네.'

'진짜 대표 같다.'

'아. 진짜 대표 맞지.'

'이중수는 헤어스타일을 완전히 바꿨네. 쟤도 서울에서 머리했나? 어른들 틈에 낀 수습생 같은 어색함이 없어졌네.'

수야는 원룸으로 방향을 옮겼다. 동네를 이렇게 쳐다본

적이 없었다. 천천히 걸으면서 고개를 들어 동네 빌라들의 위층도 한번 훑어보고 주변도 두리번거려진다. 편의점에서 입력된 것처럼 원룸으로 와서 이렇게 본 적이 없었다.

'이런 곳이었구나.'

조금 더 걸어 올라가 수야가 살던 원룸 건물 앞에 섰다.

'내가 살던 곳이네. 오랫동안.'

이 앞에 오면 자동으로 3층까지 올라가지던 곳인데 올라가기가 주춤해진다.

'올라가면 뭐 할 거야? 남의 집인데.'

'현재는 학교겠다. 올라가서 운명이 소리나 듣고 올까?'

수야는 현재 집 비밀번호를 알고 있지만 아무 말도 없이 와서 들어갈 수도 없다. 수야는 잠깐 서성거리다 위로 올라갔다. 잠시 있으니 운명이가 짖는다.

'어? 나인 줄 아나?'

"운명아~"

이름을 부르니 문을 열어달라고 낑낑댄다. 몇 달을 산 자들 틈에 낀 영혼처럼 지냈는데 자신의 부름에 응답해주니 수야는 울컥해진다. 살아있음이 느껴진다. 하지만 문을 열 수는 없다.

"운명아. 나갈게. 잘 있어!"

현재 모습은 유튜브로 자주 보고 있다. 현재의 유튜브 채널인 '고딩 강아지 훈련사'에 아직 영상이 많지는 않아 수야는 봤던 것을 보고 또 본다. 처음에는 시선도 어색하고 목소리도 꾸민 티가 났다. 앞에 붙여놓은 종이를 줄줄 읽어 어색했는데 요즘은 자연스럽게 한다. 구독자도 생겼고 조회 수도 점점 는다. 댓글도 꽤 있다.

'잘 돌아가고 있었네. 나만 빠진 거고.'

'세상의 끝까지 저 안에서 저절로 돌아가다 마치는 게 쉬운 방법이었을까?'

작동하는 구조 내부에서 밖으로 나오면 스스로 동력이 없다면 멈춰진다. 일반적으로 내면의 움직임 방향이나 정도가 끼워진 곳과 다를 경우는 퉁겨지거나 스스로 나오게 된다. 하지만 수야는 그 부류가 아니었다. 동력은 없지만 세상의 끝을 미리 알고 나와 본 특별한 경우라 외부에서의 자체 동력이 없다. 또한 멈춰진 것을 인지했어도 자체 동력을 만들 의지도 생기지 않는다.

'뭐 그래봤자 이제 곧 끝이야. 저들도 모두 없어지고, 공간도 없어지고, 일도 없어지고.'

수야는 뒤돌아 동네를 한 번 더 본 후 지하철역으로 향했다. 굳이 서울로 갈 필요는 없지만 그렇다고 마땅히 갈 때도 없어 서울로 향했다. 지하철에서 눈을 감고 앉아 있으니 이런저런 생각이 떠오른다.

'일 년은 버티기에는 길었어. 돈도 사람도 경험도 없으니, 세상을 누릴 수가 없지. 게다가 나는 성격이 밝지도 않고 혼자서 적극적으로 뭘 제대로 할 줄도 모르잖아. 성격이 좋던가 뭐라도 재능이 있든가 아니면 금수저로 태어나던가.'

'나에게는 그 어떤 것도 주어지지 않았어. 내가 노력하

지 않아 가지지 못했을 수도 있다. 하지만 노력하는 방법
이나 생각조차 할 수 있는 능력이 없었어. 그나마 시간이
많이 지나서 '아, 그때 이럴걸.' 이러면서 남들은 대부분
그때 아는 단순한 것도 훌쩍 지나고 봐야 겨우 알았기 때
문에 뭘 제대로 잡을 수가 없었어.'

'아니면 운이라도 좋던가. 뭘 잡으면 항상 불운의 패였
어.'

'일 년의 남은 생애도 운명적인 사건이 일어난다거나,
혹은 은혜로운 사람이라도 나타나 줘서 사는 동안 아주
조금의 재미라도 느꼈으면 감사하게 세상 떠났을 거야.'

'영화 보면, 찌질한 주인공이 일상에서 특별한 큰 사건
을 겪게 되어 그 이후 크게 급물살을 타면서 삶도 바뀌고
성격도 바뀌잖아. 그건 영화니깐 가능한 거지. 재능, 성
격, 집안, 운 모든 게 완전한 흙수저인 삶은 외계인의 선
택이라는 큰 이벤트에 당첨돼도 아무것도 바뀔 수가 없
어."

"경험도 없고 돈도 없고 주변에 사람도 없고…. 뭘 하
겠어. 뭘. 세상에 잘났다는 사람들에게 한번 물어보고 싶
어. 당신이 내 상황이라면 남은 기간 뭘 해보겠냐고.'

'뭐 이제는 다 끝이지만.'

수야는 살아오면서 세상이 사람들을 시켜 자신을 괴롭
히라고 시킨 것을 느꼈다. 다른 사람들에게는 괜찮은 사
람들마저 자신을 무시하고 힘들게 했다. 사람들이 싫어하
는 건 이해 가는데 세상이 중립을 지키지 않고 자신을 싫
어하는 건 억울하다.

전생에 큰 죄를 지어서 벌을 받기 위해 태어났다면 덜 억울할 것 같다. 그래서 수야는 자신이 전생에 인류를 대량 학살한 극악무도한 살인자였을 거로 생각했다.

이제 그 죄의 벌을 다 받고 세상에 남아있는 시간이 조금 남았다고. 그리고 남은 기간 동안 자신을 이해하고 적어도 싫어하지 않도록 하련다.

'그래. 괜찮아. 하수야.'
'수고했어.'

" **내**일이다. "

수야는 내일 여행을 간다. 세상을 떠나는 마지막 여행이다.

'세상이 해 준 것도, 세상에 해 준 것도 없다. 세상에 태어난 이유가 존재한다고 하는데 예외가 나인가 보네. 생각해 보면 죽는 것이 그렇게 대단한 것도 아니야. 사는 게 대단하지 않아서 끝내는 것이 안타깝지 않아.'

그나마 아쉬운 것은, 현재를 데리고 맛있다는 고깃집에서 실컷 고기를 먹었으면 좋았겠다는 생각이 든다.

'맛있는 고깃집 가서 고기 구우면서 현재 실컷 먹이고 나도 먹고 싶을 때까지 먹고 배가 너무 불러 남은 고기는 싸달라고 해서 운명이 주고 했으면 우리 셋 다 좋았을 텐데….'

수야는 곧 죽는다고 생각하니 홀가분하다. 안타까운 것은 자신이 그 대단한 사람인데 그것을 사람들이 알아주지 못하고 그래서 대단한 사람임을 누리지 못하고 가는 것이 너무너무 아쉽다.

'내가 진짜인데 가짜들이 판을 치니 뭐 어쩌겠어.'

'선심 쓰듯이 방법이랍시고 알려주는, '힘들 땐 힘들다고 말하세요.' 이 말이 제일 웃겨. 뭐 누구한테 말해?'

258

' '우리는 모두 누군가의 첫사랑이었다.' '직원도 귀한 아들딸입니다.' 이런 문구들이 많은 사람의 공감을 받는 세상에 무슨 희망이 있겠어. 서로 이해 못 할 뿐이야.'

버스터미널에 왔다. 일 년의 마지막 날이자 지구의 마지막 날이다. 늦은 시간의 버스 승객들이지만 연말 휴가 분위기의 즐기는 기운과 여유가 있다. 특히 신정의 짧은 연휴라 설을 지내러 내려가는 사람보다 관광을 위한 여행객들로 북적인다.

수야는 편의점에 들렀다. 냉장고에서 사과주스 하나를 꺼냈다.

'이게 마지막 음식이네.'

수야는 버스를 타는 장소로 갔다. 해돋이 패키지 상품을 구매한 같은 버스를 타는 사람들이 기다린다. 다들 신이 났다. 수야는 쭉 둘러봤다. 혼자만 혼자다.

'항상 뜨는 태양인데 그 뜨는 태양을 보러 가는 사람들의 심리는 뭘까?'

늦은 시간이라 떠들지는 않지만, 그 신난 기운이 느껴진다. 버스에 올라탈 때도 다들 가벼운 몸짓으로 올랐다. 그들은 기운을 잠시 누그러뜨리고 버스에 앉았다.

세상의 끝이 얼마 안 남았다. 버스 안은 조용하다. 도착하면 사람들의 계획상으로는 내년이다. 늦은 시간이라 대부분 잠을 잔다. 일어나서 일출을 보고 다음 날의 여행 계획을 위해 버스에서 잠을 자며 휴식을 취한다.

내일을 위한 준비가 필요 없다는 것을 아는 수야는 창밖을 쳐다봤다. 수야의 마음이 주인과 달리 들떴다가 차분해졌다가를 반복한다. 자정까지는 30여 분 남았다.

수야는 잠바 안 주머니에 있는 여권 사진을 꺼내 한참 들여다보고는 다시 넣었다. 그리고 아까 산 사과주스를 열었다.

'맛있다.'

'이제 30분 후면 끝이다. 모든 게 다 끝이야.'

창밖을 보니 불빛이 아른거린다. 눈을 감았다. 몸에 힘을 빼고 의자에 푹 안겼다. 버스를 타기 전의 떨림이 지금은 없어졌다. 몸과 마음이 차분해졌다. 점점 편안해진다.

" **어**어어 ! "

갑자기 몸이 붕 뜨는 것 같다. 사람들이 소리를 지른다. 수야는 번쩍 깼다.

'지금이다!'

'세상이 종말 하는 거야!'

전에 느껴보지 못한 몸이 붕 뜨는 느낌이 든다. 급격히 두려움이 솟아난다. 수야는 바로 정신을 잃었다.

"어!"

'번쩍'하고 수야의 영혼이 깨어났다. 눈을 감았는데도 앞이 환하다. 아니 눈을 떴는지 감았는지조차 알 수 없다. 육신이 없으니. 어둠은 그 어디에도 존재하지 않는다. 빛이 강해지고 점점 환해진다.

'이게 죽음이구나.'

'죽음을 접하는 첫 느낌은 영생이다! 삶의 반대편에서 살아있음을 느낀다. 신비롭다.'

눈이 떠진다. 죽음의 세상에서 영혼이 적응한 것 같다. 하지만 너무 강한 빛에 바로 떠지지는 않는다. 눈을 몇 번 깜박였다.

"촥~"

'뭐지? 물 뿌리는 소리 같다.'

물소리가 들리더니 더 환해졌다.

"일어나셨어요?"

누군가 얼굴을 들이민다.

'어?'

'누구지?'

상냥하면서 단호한 여성의 목소리가 수야를 챙긴다. 어디서 들어본 것 같은 목소리다. 익숙하지만 바로 생각나지 않는다.

수야가 눈을 바로 뜨지 못하자 그 존재가 다시 크게 말한다.

"눈 떠보세요."

수야는 눈을 떴다. 그 존재가 보인다.

"괜찮으세요?"

예상하지 못한 모습에 당황한 수야가 다급히 물었다.

"지금 몇 시예요?"

누군가 옆에서 말해준다.

"12시 4분"

옆 침대에서 귤을 까먹고 있는 사람이 말한다.

"촤~"

반대쪽에 누워 있던 다른 사람이 커튼을 젖히고 끼어든다.

"아까 기자들도 와서 사람들 인터뷰 따가던데."

"보험회사에서 와서 뭘 찍어가는 거 같았어요."

"졸음운전은 아닌 것 같다고 하고."

"누구 말로는 날씨가 추워서 도로가 얼어 미끄러졌다고

하는데 뭐 조사해 봐야 정확한 원인이 나오겠죠.”

“구급차 바로 왔어. 사고 나고 승객들 병원으로 이송하는 데 한 15분 걸렸나, 금세 옮기더구먼.”

“가까이에 병원이 있었나 보네요.”

“크게 다친 사람들은 없는 것 같던데 그래도 다행이지. 몇 중 추돌 이런 게 아니라 그냥 버스가 미끄러져 돌면서 부딪친 거라. 그리고 속도를 미리 줄여서 망정이지. 빨랐으면 큰일 날 뻔했어.”

늦은 시간에 경상으로 실려 온 버스 승객들은 응급실 안에서 가벼운 잡담을 나누다 이내 잠을 자던가 누워서 스마트폰을 보고 있다. 큰 사고가 아니어서 아수라장의 응급실은 아니다.

차분한 응급실 분위기와 달리 수야의 머릿속은 10중 추돌사고가 난 중상자들이 모여 있는 응급실처럼 당황스럽고 복잡하다.

‘뭐지?’

‘난데, 내가 그 사람인데.’

‘이상하다.’

‘……’

‘아니야. 그럴 리 없어.’

머리가 멍하다. 머리를 좌우로 세계 흔들었다.

“괜찮아요?”

옆 침대에 누워 있던 사람이 고개를 옆으로 해서 수야에게 말한다.

“머리를 부딪쳤나 보네.”

"뇌진탕이네. 의사 회진 돌면 자세히 말해요."

"나도 약간 머리가 띵한데 아가씨는 기절까지 한 거 보면 머리 아프겠어. 속 울렁거리고."

"사람들 엑스레이 찍으러 가던데 의사가 회진 오면 기절했었다고 꼭 말해요. 이럴 때 자세히 검사해 봐야 한다니깐."

의사가 왔다. 불편한 데는 없냐고 물어보고 이외에 몇 가지 질문을 했다. 수야는 자신이 뭐라고 답했는지 아니, 대답은 했는지 기억나지 않는다. 확실한 건 정신이 제 것이 아니다. 의사는 뇌진탕이니 잘 쉬어야 하고 좀 있다 엑스레이 찍는다고 했다.

누군가 와서는 이름, 핸드폰 번호, 주소 등 인적 사항을 적으라고 한다. 옆 사람들은 아까 적었나 보다. 수야는 이름과 번호를 적었는데 주소를 뭐로 해야 할지 모르겠다.

'어떡하지.'

'원룸 보증금도 빼고 아르바이트도 그만뒀는데. 이번 달 카드 값은 어떻게 하지?'

'아…. 씨….'

'미치겠다.'

'내가 죽어야 하는데!'

'왜 살아서!'

어제부터의 긴장과 사고 여파, 지금의 스트레스까지 수야는 몸과 정신이 제 것이 아니다.

혼란스럽고 힘들다. 수야는 다시 원룸으로 돌아가고 싶다. 편의점 아르바이트도 다시 하고 싶다.

'그 원룸과 그 편의점으로 되돌아가고 싶다'를 만 번쯤 되뇄다.

그러다 심신이 방전돼 자신도 모르는 사이 꺼졌다. 얼마 지나지 않아 갑자기 잠에서 깨서 벌떡 일어나 앉았다.

꿈에 사춘기 시절의 수야가 나왔다. 열네 살 수야는 꿈에서 뭐라고 말했다. 이번에는 똑똑히 들었다.

"그만 좀 징징대!"

수야는 고개를 숙이고 어깨를 구부리며 앉아 눈을 껌벅껌벅 뜨고 입을 오므린 채 그렇게 한참을 앉아 있었다.

마치며.

젊어 좋겠다는 노교수님의 말에, "살아갈 날이 많이 남아 힘들어요."라며 작게 돼 내이고 지나가던 대학생들의 말은 농담처럼 내뱉지도, 들리지도 않았습니다.

소설 「사과주스」는 이 시대의 젊은이에 관한 이야기입니다. 죽는 것보다 사는 것이 걱정인 이 시대의 특히 힘든 젊은이가 주인공입니다.

"네가 가장 힘든 건 아니야."라고 몰아가는 사회의 분위기는. 모두가 슈퍼맨, 슈퍼우먼처럼 힘든 상황을 거뜬히 이겨내야 하고, '외로워도 슬퍼도 나는 안 울어'가 모두가 사랑하는 주인공이어야 하는 것을 당연하게 만듭니다. 그 어디에도 기댈 곳 없는 연약한 젊은이에게, "아자! 아자! 파이팅! 크게 외치고 다시 시작해 봐."란 조언은 드라마 속에서나 가능합니다.

소설은 한없이 움츠리고 약해진 상황에 피해의식까지 스며드는 그들을 '사회적 루저'로 모는 사회의 냉담을 은근슬쩍 따라 합니다. "봐. 네가 별로였던 거야." 이런 결론이 나올지, 혹은 좀 더 많은 사회적 책임감을 느껴야 할 때인지 화두를 던져보고 싶었습니다. 시대의 힘겨운 젊은이들을 이해하는 데 작은 도움이 되었으면 하는 커다란 소망을 가지고 소설을 세상에 놓아봅니다.

사과주스

초판발행 : 2022년 11월 30일

지 은 이 : 임성민

편 집 자 : 김유민

디 자 인 : 이채원

펴 낸 곳 : 아름북

등   록 : 2022년 9월 7일

도서정가 : 14,000원

© 임성민 2022

ISBN 979-11-980103-8-4

E-mail : fashionhall@naver.com

이 도서의 국립중앙도서관 출판예정도서목록(CIP)은 서지정보유통지원시스템홈페이지와 국가자료공동목록시스템에서 이용하실 수 있습니다.